하루 5분,
워킹맘을 지키는 시간

하루 5분, 워킹맘을 지키는 시간

지친 하루에도 중심을 찾은 엄마의 기록

초 판 1쇄 2026년 01월 21일

지은이 황지영
펴낸이 류종렬

펴낸곳 미다스북스
본부장 임종익
편집장 이다경, 김가영
디자인 윤영빈, 임인영, 윤가희
책임진행 안채원, 김은진, 이예나, 국소리, 송가희, 이지영

등록 2001년 3월 21일 제2001-000040호
주소 서울시 마포구 양화로 133 서교타워 711호, 808호
전화 02) 322-7802~3
팩스 02) 6007-1845
블로그 http://blog.naver.com/midasbooks
전자주소 midasbooks@hanmail.net
페이스북 https://www.facebook.com/midasbooks425
인스타그램 https://www.instagram.com/midasbooks

© 황지영, 미다스북스 2026, *Printed in Korea*.

ISBN 979-11-7355-668-5 03810

값 18,500원

미다스북스는 다음세대에게 필요한 지혜와 교양을 생각합니다.

하루 5분,
워킹맘을 지키는 시간

지친 하루에도 중심을 찾은 엄마의 기록

지은이 황지영

미다스북스

차례

3장

엄마가 되고서야 엄마가 보였다

4장

다시 나로 서기 위한 작은 회복들

5장

오늘을 버티게 하는 워킹맘의 기술

나를 챙기는 시간의 힘

손을 뻗어 휴대전화를 집었습니다. 진동 알람이 울리기 전입니다. 곁에 잠든 아이들을 바라봤습니다. 올라간 잠옷 자락을 내려 배를 덮어주고 조용히 방을 나왔습니다. 어둑한 거실. 새벽 공기가 제법 서늘해졌습니다. 물 한 잔 들이켰습니다. 기지개를 켠 뒤 거실 바닥에 누웠습니다. 팔다리를 구부렸다 펴며 스트레칭합니다. 잠이 조금씩 깨는 듯합니다. 일어나 책상에 앉습니다. 구글 타이머 30분으로 맞추고 모니터에 집중합니다.

인기척이 나서 고개를 돌리니 둘째 현이가 눈을 비비며 걸어옵니다. 저와 눈이 마주치자 빙긋 미소를 짓더니 두 팔 벌려 도도도 달려옵니다. 뒤이어 사자머리를 한 첫째 윤이도 다가옵니다. 하던 일을 멈추고 한 명씩 꼭 안아준 뒤 볼에 입맞춤합니다. 책상 위 타이머를 본 아이들이 고개를 끄덕입니다. 제게 손 흔들어 인사를 하고는 서로 손을 잡고 방을 나갑니다. 저는 다시 책에 집중합니다.

삐삐 알람이 울렸습니다. 하던 일을 정리하그 거실로 갑니다. 기다려줘서 고맙다는 말을 건넵니다. 아이들을 한 번 더 안아주며 하루를 시작합니다.

아이들 스스로 일어날 때도 있지만, 그러지 못한 날도 있습니다. 아침 루틴을 마치고 침실로 갑니다. 아이들의 팔다리를 부드럽게 주무릅니다. 일어나기 싫다며 손으로 얼굴을 가리거나 이불 속으로 몸을 숨깁니다. 재촉하지 않습니다. 억지로 일으키지도 않습니다. 대신 엄마를 안아달라고 말합니다. 아이들은 눈 감은 채 작은 팔을 뻗어 제 목을 감쌉니다. 포옹으로 아침을 맞이합니다.

여유 있는 아침을 맞이하기까지 시행착오가 많았습니다. 5년의 육아휴직 후 복직했을 때를 떠올려봅니다. 매일 아침은 전쟁이었습니다. 숨 가쁘게 하루를 시작했습니다. 등원 준비도 출근 준비도 허둥지둥했지요. 늘 시곗바늘에 끌려다녔던 이유는 바로 잠 때문이었습니다. 휴대전화 알람을 3분 간격으로 여러 개 맞춰도 소용없었습니다. 5분만 더 자고 싶다는 생각뿐이었지요. 손을 더듬어 알람을 끄고 다시 잠들기 일쑤였습니다.

꾸물거리다 화들짝 놀라 늦게 일어나는 날도 있었지요. 아이들에게까지 급한 마음이 전달됩니다. 이불을 걷고 잠들어 있는 아이를 흔들어 깨웁니다. 세수와 양치질을 빨리 끝내라며 재촉했습니다. 아침 먹을 시간이 빠듯한 날에는 아이들 손에 바나나 한 개씩 쥐여주었습니다. "늦겠다. 정신없다. 바쁘다."와 같은 말을 입에 달고 지냈습니다.

엄마로도 직장인으로도 부족해 보였습니다. 다른 사람들은 잘하는데 나는 왜 이렇게 못할까. 자책이 일상이 되었습니다. 제가 한없이 작게 느껴졌습니다.

몸도 마음도 지친 어느 날이었습니다. 엄마 생각이 났습니다. 전화를 걸어 속마음을 털어놓았지요. 엄마는 제 이야기를 들어주셨고 힘들어하는 부분을 이해해 주셨습니다. 괜찮다고, 잘하고 있다고 말해주셨습니다. 어쩜 그렇게 제 마음을 잘 알아주시는지. 참 감사했습니다. 그때 문득 깨달았습니다. 엄마도 워킹맘이었다는 걸요. 제가 느끼는 고단함과 불안, 그 모든 감정을 엄마도 지나왔을 겁니다. 제 곁에는 그 시간을 견뎌온 엄마가 있었습니다.

힘들 때마다 엄마를 떠올렸습니다. 예상치 못한 일을 어떻게 해결했을까? 지친 몸과 마음을 어떻게 다독였을까? 엄마의 생각과 행동을 하나씩 따라 해봤습니다. 그리고 알게 되었습니다. 지금 제게 필요한 건 '나를 돌보는 마음'이었습니다.

행복을 바라기만 할 뿐 행복을 위해 뭔가를 해보려 시도하지 않았습니다. '피곤한 데 운동할 시간이 어디 있어?', '공부한 지 오래됐는데 내가 그걸 할 수 있겠어?' 시간과 돈, 체력과 능력 부족만 탓했습니다. 핑계 대는 사람이었습니다. 그런 제가 부끄러웠습니다. 더는 끌려가는 인생을 살고 싶지 않았습니다. 선택하고 책임지는 사람이 되고 싶었습니다.

생각해 보면 워킹맘 생활을 선택한 사람은 바로 저였습니다. 사랑하는 가족과 내가 좋아하는 일. 어느 하나 포기하고 싶지 않습니다. 그래서 생각을 바꿨지요. 잘하려 애쓰지 말고 즐겁게 하자. 이왕 해야 할 일이라면 즐겁게! 엄마가 그러셨던 것처럼요.

나를 챙기는 시간을 조금씩 만들었습니다. 나를 돌보는 시간이 쌓일수록 마음이 너그러워졌습니다. 심신에 여유가 생기니 다른 사람들의 마음도 헤아리게 되었지요. 어떤 일이든 긍정적으로 생각하게 되었습니다.

이 책은 다섯 개의 장으로 되어 있습니다. 주말부부, 엄마가 된 순간, 육아휴직 후 복직한 워킹맘의 일과, 독박 육아, 그리고 나를 챙기는 시간까지. 소소한 일상 속 이야기를 담았습니다.

1장은 워킹맘의 현실입니다. 끝없는 집안일, 아이들이 아플 때 느끼는 감정, 퇴근 후 다시 시작되는 육아. 워킹맘의 생활을 그렸습니다.

2장은 주말부부의 삶입니다. 멀리 있어도 서로를 생각하는 마음속에서 가족의 의미를 배웁니다.

3장은 엄마에 관한 이야기입니다. 엄마가 되고 나서야 비로소 엄마를 이해하게 되었습니다.

4장과 5장은 나의 골든타임 만들기입니다. 나를 중심에 두고 나를 보듬는 시간의 힘을 기록했습니다.

워킹맘의 하루는 시간과 에너지의 경계 위에 서 있습니다. 주말부부는 독박 육아로 이어집니다. 육아, 집안일, 직장일. 어느 것 하나 쉽지 않습니다. 비슷한 하루가 반복됩니다. 어제의 일이 오늘로, 오늘의 일이 내일로 이어집니다. 끝이 없어 보입니다. 그러나 조금 더 넓게 바라보니 그 안에도 변화가 있습니다. 허리를 숙여 안았던 첫째는 이제 저의 가슴팍까지 자랐습니다. 저의 검지를 꼭 잡고 걷던 둘째는 제 손을 맞잡을 만큼 컸습니다. 마지막으로 제가 달라졌습니다. 감정에 휘둘리던 예전과 달리 이제 중심을 잡아가고 있습니다. 조급함 대신 여유를 챙깁니다. 매 순간이 특별하게 느껴집니다. 작은 일에도 감사하게 됩니다. 감사를 통해 삶의 의미를 찾아가고 있습니다.

일과 가정 사이 흔들리던 저의 일상을 담았습니다. 지치고 감정이 요동치는 날들 속에서 나를 잃지 않으려 노력한 이야기입니다. 오늘을 살아내는 모든 워킹맘에게 이 글이 잠시 숨 고를 수 있는 쉼이 되길 바랍니다.

1장

워킹맘의 하루는 왜 이렇게 벅찰까

1.

멈춘 것 같던 시간, 사실은 기다림

2015년 9월 첫째 주 토요일. 가을이 시작됐지만 여름 같다. 바람에 나뭇잎이 흔들리고 햇빛은 사이사이로 스며들었다. 남편과 공원을 걷고 있었다. 발걸음이 평소보다 가벼웠다. 아마도 어제 알게 된 소식 때문일지도 모르겠다. 이 기쁜 소식을 남편에게 언제 전할지 기회를 보고 있었다.

분수대 앞에서 멈췄다. 물줄기 위로 무지개가 얇게 걸렸다. 나는 숨을 고른 뒤 속삭이듯 말했다.

"우리에게 아기천사가 왔어."

남편은 몸을 돌려 내 두 손을 감쌌다. 컨디션은 어떤지 아픈 데는 없는지 물었다. 크게 기뻐하기보다 나의 건강부터 살폈다. 지난 두 번의 아픔 때문일 테다.

결혼 후 몇 달 지나지 않았을 무렵이었다. 몸이 무겁고 나른했다. 쉬면 낫겠지 싶었다. 속이 더부룩한 상태가 일주일 동안 이어져 병원에 갔다. 축하한다는 말을 들었다. 임신이라니. 예상하지 못해 멍했다. 얼떨떨한 마음으로 약국에 들렀다. 임신 테스트기를 브랜드별로 하나씩 샀다. 빨간 두 줄이 떴다. 그제야 실감이 났다.

산부인과로 갔다. 초음파로 아기집을 확인했다. 다음 진료에는 아기 심장 소리도 들을 수 있을 거라 했다. 콩알 크기의 아기집이 담긴 초음파 사진을 보고 또 봤다.

2주 후 다시 찾은 병원. 초음파 검사부터 했다. 정적이 흘렀다. 의사가 긴 숨을 내쉬더니 낮은 목소리로 말했다. "아기집은 있는데 아기가 보이지 않습니다." 잘못 들은 줄 알았다. 모니터를 봤다. 검은 화면 속 작고 동그란, 텅 빈 아기집이 보였다. 뒤이어 들은 유산이라는 단어가 가슴을 찔렀다. 첫 임신은 6주 만에 끝났다.

두 번째 임신은 조금 더 길었다. 7주 차의 아기 모습은 젤리 곰 같았다. 그러나 세 번째로 병원을 찾은 날, 아기 심장 소리를 더 이상 들을 수 없었다. 눈앞이 캄캄했다. 마음의 준비를 할 겨를도 없이 소파수술을 받았다. 수술은 잘 끝났다고 했지만 견딜 수 없을 만큼 아팠다. 칼로 배를 찌르는 듯했다. 하루에도 몇 번씩 하혈했다. 배를 움켜쥐고 데굴데굴 굴렀다. 몸보다 더 괴로운 건, 더 이상 배 속에 아기가 없다는 사실이었다.

두 번의 유산마다 의사는 이렇게 말했다. 유산은 흔한 일이라고. 태아의 염색체 이상이나 호르몬 문제일 수 있다고 설명했다. 산모의 잘못이 아니라는 의사의 말은 위로가 되지 않았다. 내 잘못이 아니라는데 왜 두 번이나 이런 일이 일어났을까. 유산은 남의 이야기인 줄 알았다. 연이은 유산이 나를 바닥으로 끌어내렸다.

출근하면 버틸만했다. 국제 교류 업무와 연구학교 진행에 학습 준비까지, 머리와 손을 계속 움직이며 쉬지 않고 일했다. 퇴근 후가 문제였다. 불 꺼진 신혼집은 깊은 동굴처럼 느껴졌다. 혼자 있으면 자꾸 떠올랐다. 텅 빈 아기집, 더 이상 들리지 않는 심장 소리. 뭘 어떻게 해야 할지 몰랐다. 멍하니 앉아 소리 없이 울었다.

밤이 되어도 전등을 켜지 않은 채 소파에 웅크리고 앉아 있기 일쑤였다. 임신 사실을 알고 난 후 나의 작은 행동 하나하나를 떠올리며 후회했고 자책했다. 오래 서 있지 말걸. 잠깐씩 앉아 쉬었으면 괜찮았을 텐데. 천천히 걸을걸. 영양제 잘 챙겨 먹을걸. 생각할수록 마음이 무너졌다. 아침마다 퉁퉁 부은 눈을 얼음찜질로 가라앉혔다. 마음을 추스르고 컨디션을 회복하기까지 긴 시간이 필요했다.

부모님은 매일 안부 문자와 전화로 위로를 보내셨다. 시부모님은 보약과 반찬을 보내주셨다. 직장 동기 언니는 매일 퇴근을 함께했다. 남편은 늦은 밤이 되어야 연락이 닿았다. 오늘 잘 지냈는지 밥은 잘 챙겨 먹었는지 그는 늘 같은 말로 안부를 물었고, 나는 항상 잘 보냈고 잘 챙겨 먹었다고 대답했다. 길게 이야기하면 또 울 것 같아 '잘'이라는 단어로 뭉뚱그려 답했다. 그도 수화기 너머로 들려오는 낮고 단조로운 목소리를 듣고 내 현재 상태를 짐작했으리라. 주말에 맛있는 걸 먹으러 가자고 했다. 아프지 말라며 나를 다독였다.

남편과의 주말 데이트는 연애 때로 돌아가게 했다. 토요일 아침, 숨이 차오를 때까지 운동장을 달렸다. 근교 나들이를 가고 맛집을 찾아다녔다. 일요일 밤이면 기차역에서 작별 인사를 했다. 주말 동안 찍은 사진을 주고받으며 다음 주말을 계획했다.

주위 사람들 덕분에 조금씩 기운을 차렸다. 활동 범위를 점차 넓혀갔다. 짧은 산책부터 시작했다. 바람에 흩어진 앞머리를 정리하며 웃기도 했다. 느린 곡에서 벗어나 빠른 비트의 음악을 들었다. 회색이던 세상이 다시 색을 찾기 시작했다.

예고 없이 눈물샘 터지는 날들이 줄어들었다. 가슴에 얹혀 있던 돌덩이가 조금씩 갈라졌다. 불안과 슬픔의 틈 사이로 미소가 피어났다. 평일에는 일에 집중했고 주말에는 자연 속을 걸었다. 굳었던 마음이 차츰 풀렸다.

어느 날 2시간 정도 산행하고 돌아가는 길이었다. 돌 틈에서 핀 작은 꽃이 눈에 들어왔다. 발을 멈추고 몸을 낮췄다. 바람에 흔들리는 꽃이 내게 인사하는 듯했다. 휴대전화를 들어 화면 가득 꽃으로 담아 사진을 찍었다. 단단한 돌에 뿌리를 내리고 꽃망울을 터뜨리기까지 얼마나 많은 시간과 노력이 필요했을까. 억지로 앞당긴다고 빨리 꽃을 피울 수 있는 게 아니다. 씨앗이 꽃이 되고 열매가 되기까지 기다려야 했다.

그 순간 알았다. 모든 일에는 저마다의 때가 있다는걸. 멈춰 있던 시간 역시도 준비하는 시간이었다. 의욕 없이 울기만 했던 날들. 쓰러지고 버티던 순간들. 모두가 다음을 위한 과정이었다. 기다리고 견뎠다. 그리고 마침내 엄마가 되었다.

지친 마음에 놓는 한 줄

길었던 오늘을 돌아보며, 스스로에게 한 번 말해주자. "잘 버텼다."고.
그 한마디가 오늘의 나를 한 겹 더 단단하게 만든다.

2.

내 마음대로 되는 게 하나 없네

"뱃속에 있을 때가 제일 좋다. 태어나면 정신없이 바쁠 거다."

임신 축하 인사 다음으로 많이 들은 말이다. 들을 때마다 와닿지 않았다. 아픔을 겪어서였을까. 임신 내내 바람은 하나뿐이었다. 건강하게 태어나기만을 바랐다. 빨리 보고 싶었고 품에 안을 날만 그렸다. 열 달이 길게만 느껴졌다.

임신 기간 동안 행동 하나하나가 조심스러웠다. 보폭을 반 이상 줄였고 종종걸음조차 하지 않았다. 온라인으로 장을 봤다. 무거운 건 손대지 않았다.

입덧은 지금껏 겪어보지 못한 고통이었다. 냉장고 문만 열면 속이 울렁거렸다. 냉장고 생각만 해도 메슥거려, 주방을 피했다. 그런 날들이 임신 20주까지 이어졌다.

입덧이 사라지고 나니 살 것 같았다. 그동안 먹지 못했던 음식들을 보상이라도 하듯 먹었다. 네다섯 끼는 기본이었다. 몸무게는 금세 15kg이 늘었다. 숨이 차고 움직임이 느려졌다. 이렇게 먹다가는 허벅지와 배에 튼살이 번질까 걱정되었다. 과일이나 견과류 간식부터 줄여야겠다 마음먹었지만, 한 번 터진 식욕을 멈추기 쉽지 않았다. 지금 아니면 언제 마음 놓고 먹어보겠냐며 스스로 달랬다. 출산하고 살 빼면 된다고 합리화하며 마음을 느슨하게 풀어놓았다.

임신 안정기에 접어들었다. 이때쯤이면 태아의 움직임을 쉽게 느낀다고 했다. 배에서 뽀글뽀글 물방울이 이는 듯하다고 했다. 나는 둔한 건지 아니면 살이 많이 쪄서인지 좀처럼 태동을 느끼지 못했다. 태교가 부족해서인가 싶었다. 클래식 음악을 듣기도 하고 소리 내어 책을 읽고 필사를 하기도 했다. 양손을 배에 올리고 아이에게 자주 말을 걸었다. "엄마야. 우리 아기 잘 있니?" 어쩌다 한번 쑥 하고 발길질이 느껴지면 하루 종일 싱글벙글했다.

배가 불러오면서 할 수 있는 동작은 점점 줄었다. 예전에 쉽게 하던 일들이 하나둘씩 버거워졌다. 조금만 걸어도 숨이 찼다. 서서 일하다 보니 퇴근하고 집에 오면 두 다리가 퉁퉁 부었다. 화장실을 가는 일도 샤워하는 일도 만만치 않았다. 무엇보다 괴로운 건 잠이었다. 침대에 누워 잠들기까지 한참 걸렸다. 부푼 배가 허리와 골반을 눌러 똑바로 누울 수 없었다. 오른쪽으로 누웠다가 다시 왼쪽으로 돌아 자세를 바꿨다. 다리 사이에 베개를 끼우고 쿠션으로 허리를 받쳐봤지만 별 소용없었다. 편한 자세 찾는 데 몇십 분이 걸렸다. 허리가 욱신거리고 배가 당기는 날에는 더 오래 걸렸다. 깊이 잠들지 못해 새벽까지 뒤척이곤 했다.

몸이 무거워지자, 혼자라는 사실이 더 크게 느껴졌다. 호르몬 탓인지 감정도 들쭉날쭉했다. 출산에 대한 긴장과 스트레스도 쌓였다. 무엇보다 이런 고민을 나눌 남편이 곁에 없다는 게 가장 속상했다.

SRT가 아직 없던 시절이었다. 남편은 서울역까지 가야 했다. 금요일 저녁 7시에 회사를 나선다. 빵과 우유로 대충 저녁을 해결한다. 수서역에서 지하철 3호선을 타고 충무로까지 간 뒤 4호선으로 환승 후 서울역으로 향한다. 퇴근 시간대라 항상 붐빈다. 궂은 날씨에는 종종 지하철이 지연되기도 한다.

환승 시간을 줄이려면 출구 가까운 문 앞에 서는 게 기본이다. 서울역 승강장에 내리면 뛰기 시작한다. 울산행 마지막 기차를 타기 위해 플랫폼까지 전력으로 달린다. 열차 문이 닫히기 직전에 뛰어올라 탄 적도 몇 번 있었다. 회사에서 역으로, 지하철 이동과 환승으로 서울역 도착. 플랫폼까지 뛰어 KTX에 몸을 싣는 데 1시간 반 넘게 걸린다. 서울역에서 울산역까지 2시간 반, 울산역에서 신혼집까지 1시간. 자정이 넘어야 도착한다.

남편은 늦게 도착하니 먼저 자라는 메시지를 보낸다. 나는 조심히 오라고 답장한다. 삐삐- 현관문 비밀번호 소리가 들리면 곧장 현관으로 나간다. 문을 열고 들어오는 남편을 꼭 안는다. 그렇게 우리는 주말을 맞는다. 그동안 못다 한 이야기를 하고 먹고 싶었던 음식들을 맛보며 아이와 함께할 날을 손꼽아 기다렸다.

임신 40주 5일, 드디어 아기를 마주했다. 팔뚝만 한 작은 아기를 안았다. 눈을 감은 채 입을 오물거린다. 꿈인가 싶다가도 배가 아픈 걸 보니 현실이라는 걸 깨닫는다.

아기가 태어나면 모든 게 좋을 줄 알았다. 몸이 가벼워지면 마음껏 움직이고 미뤄두었던 일도 할 수 있을 거라 기대했다. 하지만 현실은 달랐다. 예상과는 전혀 다른 날들이 펼쳐졌다. 나의 시간은 더 줄어들었다. 안고 먹이고 재우고 달래는 일이 끝없이 반복되었다. 하루가 아이를 중심으로 흘렀다.

잠을 제대로 잘 수 없는 건 변함없었다. 앉아서 밥 한 끼 편하게 먹는 일도, 화장실을 마음 편히 다녀오는 일도 쉽지 않았다. 무엇보다 힘든 건 아기 울음이었다. 계속 울었다. 왜 우는지 도통 알 수가 없었다. 아이가 울 때마다 나도 같이 울고 싶었다.

그나마 아기가 누워있을 때는 소파에 잠깐 앉아 숨 좀 돌릴 수 있었다. 고개를 들고 뒤집기를 시작하자 그 짧은 휴식조차 사라졌다. 기어다니더니 어느새 소파를 붙잡고 일어섰다. 한 걸음씩 발걸음을 떼더니 걷기 시작했다. 잠시도 눈을 뗄 수 없었다.

아이 한 명 돌보는 것도 벅찬데 어느새 둘이 되었다. 하루하루가 정신없이 흘러간다. 뱃속에 있을 때가 가장 편한 때라는 어른들 말씀이 이제야 실감 난다.

엄마가 된다는 건 생각보다 훨씬 많은 일의 연속이다. 내 마음먹은 대로 되는 게 하나도 없다. 입고 쉬고 먹고 놀고 자는 것 모두 아이 컨디션에 따라 달라진다. 구두 대신 운동화를 신는다. 치마 대신 바지를 입는다. 아이가 잘 때 나도 잘 수 있고, 아이가 쉴 때 나도 쉴 수 있다. 아이가 먹는 음식이 나의 메뉴가 된다. 그저 아프지만 않으면 다행이다. 매일 아이들 뒤꽁무니를 쫓아다니며 지낸다. 똑같은 일이 반복되어도 아이들의 웃음소리가 그 순간을 특별하게 만든다. 지나고 나면 모두가 추억이다. 아이들과 함께하는 매 순간들이 결국 값진 기억이 된다. 기록해 두지 못한 게 아쉬울 뿐. 사진이라도 찍어 놓을걸.

지친 마음에 놓는 한 줄

오늘 하루를 '바빴다, 정신없었다'로 덮지 말자.
웃었던 장면 하나만 꺼내보자.
무사히 지나온 하루라면 그것만으로도 이미 충분한 선물이다.

3.

워킹맘, 그만둘 수도 없는

초등학교 2학년 첫 등굣길이자 전학 첫날이었다. 아빠는 출근 시간을 늦추고 나와 손을 잡고 학교에 갔다. 신호등을 잘 보라고 했다. 초록불이 켜지면 손을 높이 들고 오른쪽과 왼쪽을 살피며 건너야 한다고 했다. 아빠는 학교 가는 길 내내 안전을 강조했다.

학교까지 도보로 15분, 아이 걸음으로는 넉넉잡아 30분이 걸렸다. 내일부터는 혼자서 학교에 가야 했다. 눈을 크게 뜨고 주위를 살폈다. 삼삼오오 모여 걷는 학생들이 보였다. 내 또래 아이들은 하나같이 엄마 손을 잡고 있었다. 아침 일찍 집을 나선 엄마가 궁금했다. 그날은 엄마의 학교 첫 출근날이기도 했다. 우리는 각자의 새로운 학교에서 첫걸음을 내디뎠다. 엄마는 꿈을 다시 이어갔고, 나는 매일 출근하는 엄마를 보며 내 꿈을 키웠다.

엄마는 결혼과 동시에 교사를 그만두었다. 전업주부로 지내며 나와 동생을 키우셨다. 여덟 살이 되던 해, 나는 이제 학교에 간다며 매일 노래 불렀다. 엄마는 한글을 읽고 쓸 줄 알아야 한다고 하셨다. 연필을 내 손에 쥐여

주고 자음과 모음을 알려주셨다.

입학식 날이었다. 본관 입구에 반 배정 명단이 있었다. 학반을 확인한 뒤 운동장의 푯말을 찾아 줄에 섰다. 담임선생님이 내 오른쪽 가슴팍에 이름표를 달아주었다. 입학식이 끝나고 교실로 가기 위해 다시 줄 맞춰 섰다. 한 번씩 뒤를 돌아보며 엄마를 찾았다. 엄마는 나를 보며 손을 흔드셨다.

교실을 확인하고 자리에 앉아 담임선생님의 이야기를 들었다. 엄마는 복도에서 기다리고 계셨다. 마치고 엄마 손을 잡고 집으로 가는 길. 엄마는 교실과 운동장, 그리고 학교 전경을 한참 바라보셨다. 무슨 생각을 하냐고 물었다. 예전 아이들을 가르치던 때가 생각난다고 엄마가 답했다.

"우와. 엄마 선생님이었어?"

엄마는 미소를 지으며 고개를 끄덕이셨다. 그날 처음으로 엄마가 교사였단 걸 알았다.

그 이후로 엄마가 공부하는 모습을 자주 봤다. 두꺼운 책에 밑줄을 긋고 노트에 빼곡히 필기하셨다. 몽당연필이 사랑방 사탕 통에 가득했다. 달력 종이로 포장한 책의 옆면은 손때가 묻어 거뭇게 변했다. 엄마 옆에서 나와 동생도 동화책을 펼치고 공부하는 엄마를 흉내 냈다.

엄마는 초등교사 임용 시험을 쳤고 재임용에 성공했다. 잊고 지내던 교사의 꿈을 다시 꽉 잡았다.

직장 생활을 시작한 엄마는 더 빛났다. 아침마다 정장을 입고 거울 앞에서 옷매무새를 확인하던 모습이 떠오른다. 밤새 만든 수업 교구와 학습 자료를 양손에 들고 출근하셨다.

　엄마 학교에 가본 적이 있다. 교실 뒤 게시판은 계절에 맞게 꾸며져 있었다. 반 아이들의 그림이 한쪽 면에 가득 붙어있었다. 복도와 운동장 창문 쪽에는 학생들이 만든 작품들이 전시돼 있었다. 엄마는 교실 앞 창가 책상에 앉아 과제물을 점검하고 계셨다. 집에서 보던 모습과 달랐다. 일에 몰두하는 엄마에게 홀딱 반했다. 나도 엄마처럼 되고 싶었다.

　사범대에 진학했다. 단번에 임용 시험에 합격할 거라 여겼지만, 그건 착각이었다. 시험 계획도 공부 전략도 없이 그냥 공부했다. 인터넷 강의를 듣다가도 금세 딴짓했다. 공부가 안되는 날은 기분 전환을 핑계 삼아 친구와 놀았다. 설렁설렁 공부하면서 합격을 바랐다. 결과는 뻔했다. 두 번째 시험에서도 고배를 마셨다. 최종 합격선에서 0.01점 차이로 불합격했다.

　"힘들지? 엄마는 다시 공부하려니까 돌아서면 까먹고 공부하고 돌아서면 또 까먹고 했지. 바보 같았어. 머리를 콩콩 쥐어박기도 했지. 그래도 다시 이 악물고 공부했어. 너한테 멋진 엄마가 되고 싶었거든. 그리고 선생님도 다시 하고 싶었고. 꼭 합격할 거란 마음이 있었기 때문에 힘들어도 계속하게 되더라. 내년에 꼭 될 거야."

　엄마의 말이 나를 일으켜 세웠다. 기초부터 다시 들여다봤다. 부족한 영역을 확인하고 정리했다. 연도별 기출 문제를 풀고 틀린 문제를 분석해 오답 노트를 만들었다.

　모나미 볼펜으로 공부했다. 일주일에 한두 번 볼펜 심을 갈았다. 다 쓴 심을 작은 통에 모았다. 작은 재미였다.

공부하다 지칠 때면 내가 되고 싶은 교사상을 적었다. '아이들의 꿈을 돕는 교사', '지혜를 나누는 교사' 같은 글귀를 메모지에 쓰며 마음을 다잡았다.

그 해, 최종 합격이라는 네 글자를 마주했다. 합격 창을 몇 번이고 확인했다. 누구보다 기뻐하신 부모님께 감사의 마음을 전했다.

엄마를 보며 교사를 꿈꿨고 교사가 되었다. 엄마의 모습을 떠올리며 나도 그렇게 일했다. 교재를 연구하고 수업 자료를 준비하는 게 즐거웠다. 수업을 마치면 부족하거나 아쉬운 부분을 정리했다. 책이나 노래 가사에 좋은 구절을 발견하면 조·종례 또는 수업 시간에 학생들에게 들려주었다. 진학과 교우관계 상담에 도움이 될 만한 연수를 찾아 들었다. 수업의 질을 높이고 싶어 매년 교육청 교과 컨설팅을 받았다. 영어로 진행하는 영어 수업(Teach English in English) 인증을 받고 교사 연수를 하기도 했다. 국제 교류 업무를 맡아 필리핀 학교와 자매결연을 하고 양국 학생들의 문화 교류를 진행했다. 최우수 학교로 선정돼 교육청 표창을 받은 데다가 국제교류 우수 사례 발표를 했고 다른 학교 컨설팅을 지원했다.

두 아이의 엄마가 되었다. 육아휴직 5년 후 복직했다. 결혼 전의 빠릿빠릿한 모습은 사라졌다. 연수나 교외 업무가 부담되기도 한다. 직장 생활에 집안일과 육아까지 더해지니 하루가 어떻게 흘러가는지 모르겠다. 해야 할 일은 끝없이 이어진다. 아이들 씻기고 밥 먹이고 놀아주다 보면 시간이 금세 지나간다. 아이들이 잠든 뒤에야 잠시 숨을 돌린다. 하품이 나오지만 바로 잠들 수 없다. 대충 거실을 정리하고 전등을 끈다. 스탠드 조명 하나만 켜고 책상에 앉는다. 끝내지 못한 업무를 꺼낸다. 자정을 넘기기 일쑤다.

육아와 일 사이에서 균형 잡기란 쉽지 않다. 체력은 바닥나고 감정은 쉽게 흔들린다. 그렇다고 일을 포기할 수 없다. 경제적인 이유도 있다. 그보다 더 큰 이유는 바로 '나'를 위해서다. 쌓아온 시간과 노력, 그 안에서 느낀 성취와 배움은 나를 단단하게 만든다. 육아가 뜻대로 되지 않고 학교 일도 완벽하지 않지만 나는 조금씩 나만의 속도로 나아가고 있다. 흔들릴 때도 있지만 무너지지 않으려 노력한다. 그동안의 경험들이 나를 지탱하기 때문이다.

아이들에게 내가 어떻게 비칠지 생각한다. 어떻게든 해내려는 의지. 도전하고 배우려는 자세. 엄마를 보며 내가 그렇게 느꼈던 것처럼 아이들도 내 모습을 통해 삶에 대한 태도를 배울 거라 믿는다.

워킹맘. 쉽게 포기하지 않는다. 해낸다.

지친 마음에 놓는 한 줄

뜻대로 되지 않아도 괜찮다. 완벽하지 않아도 괜찮다.
조금 더디더라도 결국 해낼 거니까.

4.

집은 24시간 언제나 난장판

도어락 커버를 올렸다. 비밀번호를 누르기 전 숨을 깊게 내쉬었다. 집은 분명 난장판일 테다. 들어가고 싶지 않다. 반면 윤이는 공룡 퍼즐 노래를 부르며 빨리 문을 열어달라고 발을 동동 구른다.

띠리릭~ 소리가 났다. 현관문을 열자, 아이는 잽싸게 안으로 뛰어 들어간다. 현관에 털썩 앉아 운동화를 벗어 휙 던졌다. 탁자에서 퍼즐을 들고 오더니 공룡 맞추기를 하잔다. 그러자는 대답이 바로 나오지 않았다. 저녁 준비, 청소, 빨래. 해야 할 일에 머릿속이 복잡했다. 가방을 내려놓았다. 허리를 숙여 신발을 정리하고 거실로 들어섰다. 소파에는 아침에 벗어 던진 아이 잠옷이 널브러져 있다. 바닥엔 장난감이 흩어져있다. 아일랜드 식탁 위에는 아침 그릇이 그대로다. 못 본 척 고개를 돌리고 방으로 향했다. 옷을 갈아입으며 길게 숨을 뱉었다. 윤이가 퍼즐을 흔들며 방으로 왔다. 반응이 없는 날 보며 오른쪽과 왼쪽 눈을 번갈아 윙크했다. 그 모습에 피식 웃음이 나왔다.

요즘 아이는 한창 공룡에 빠져 있다. 길고 복잡한 공룡 이름을 어찌나 잘 외우는지, 노래 부르듯 줄줄 말한다. 공룡퀴즈도 좋아한다. 공룡 이름을 말하면 나는 공룡 그림을 찾는 놀이다. 그림 찾기가 어렵다. 당최 모르겠다. 이거? 아니면 저거? 그림을 들어 올릴 때마다 아니라고 한다. 육식공룡과 초식공룡 정도는 구분할 수 있다. 날카로운 이빨을 가졌는지 아닌지 보면 되니까. 티라노사우루스나 트리케라톱스 또는 안킬로사우루스까지는 찾을 수 있다. 그 외에는 이 공룡이나 저 공룡이나 비슷해 보인다. 내가 맞추지 못할 때마다 윤이는 입안이 다 보이게 웃는다.

돌돌이 클리너를 이리저리로 굴렸다. 머리카락, 과자 부스러기, 먼지가 테이프에 붙는다. 엊저녁부터 갖고 놀던 장난감들을 바구니에 넣었다. 치우지 말라며 윤이가 징징거린다. 빨리 화제를 돌려야 한다. 다른 놀이를 하자고 하니 관심을 보인다. 상자에 누가 더 많이 미니 자동차를 넣는지 내기 하자고 했다. 윤이는 벌떡 일어나 TV 앞에 있는 자동차를 바구니에 넣었다. 나도 하나 집어 들었다. 힐끗 날 보더니 두 개를 집어넣었다. "윤이 빠르네. 엄마가 지겠는걸."이란 말이 끝나기 무섭게 윤이가 재바르게 움직였다. 여기저기 흩어진 자동차를 주워 바구니에 담았다.

뽀로로 하우스를 한쪽에 밀어두고 소파에 널브러진 옷을 챙겼다. 대충 거실을 정리했다. 씻기고 빨래하고 저녁 준비를 생각하고 있던 차, 눈치 빠른 윤이가 방으로 도망간다. 물놀이는 좋지만 씻는 건 싫단다. 씻기고 머리 말리고 로션 발라주고 옷까지 입혀주는 건 정작 나인데. 콧방귀가 나온다. "윤이는 티라노와 안킬로를 씻겨줘. 엄마는 윤이를 씻길게."라고 말하자 윤이가 고개를 끄덕였다. 공룡 피규어 샤워에 아이는 마음을 열었다. 10분 동안의 실랑이 끝에 극적인 합의에 이르렀다.

빨랫감을 세탁기에 넣어 돌린 뒤 엊저녁에 재워둔 불고기를 냉장고에서 꺼냈다. 불고기덮밥으로 저녁을 해결했다. 식탁 위 그릇을 싱크대로 옮기고 설거지를 위해 TV를 켰다. 사과를 깎아 거실 테이블에 놓았다. 윤이가 사과를 한입 베어 물고 TV에 집중한다. 과일을 먹는 동안 설거지를 빨리 끝내야 한다. 그릇을 씻고 프라이팬을 닦고 있는데 어째 거실이 조용하다. 잘 놀고 있는지 보려고 고개를 돌렸다. 윤이가 소파 등받이 위에 올라가 있다. 소파에는 먹다 흘린 사과 조각이 군데군데 있고 포크는 바닥에 떨어져 있다. 앉아서 먹으라고 열 번 넘게 말했건만. TV에 정신 팔려있는 윤이 귀에 들릴 리가 없다. 똑바로 앉아서 먹지 않으면 TV를 꺼버리겠다고 눈에 힘을 주며 낮은 목소리로 말했다. 그제야 나를 보며 미안하다고 말한다.

윤이가 일어나 물티슈를 한 장을 뽑아 손끝에 잡고는 휘휘 저으며 소파를 닦는다. 아, 정말. 마음에 들지 않는다. 고무장갑을 벗어 던지고 소파로 갔다. 사과 조각을 집어 들자, 바닥이 끈적거렸다. 쭈그리고 앉아 물티슈로 바닥을 벅벅 문질렀다. 소파 아래쪽이 눈에 들어왔다. 먼지가 가득했다. 정전기 청소 포를 가져와 소파 밑과 협탁 아래를 청소했다. 어느 정도 먼짓덩어리를 치웠다고 생각하고 허리를 펴는데, 좀 전까지는 보이지 않았던 TV 앞 먼지가 눈에 들어온다. 엉금엉금 기어서 TV 앞으로 갔다. 걸레질해서 먼지를 모았다. 먼지 뭉치를 치우려는 순간, 소파 아래쪽에 다시 먼지가 뒹굴고 있다. 이리 갔다 저리 갔다 춤을 춘다. 드대체 어디서 먼지가 생산되고 있는 것인가. 물티슈와 청소 포로는 부족했다. 팬트리에서 청소기를 꺼내려다 그만 장난감 소방차를 밟았다. 아악. 발바닥이 찌릿했다. 불을 끄는 소방차가 아니라 내 속에 불을 지르는 소방차다. 허리 한번 숙이는 게 힘들다. 쉴 틈이 없다. 소방차 집어 드니 경찰차가 눈에 띈다. 장난감 두 개를 품에 안았다.

그새 거실은 로봇 장난감 세상이 되었다. 헬로카봇 만화를 보며 상자 속 로봇들을 꺼냈나 보다. 한숨이 나온다. 이사하고 일주일 동안은 온 집안이 단조롭고 깔끔했다. 이제 다시는 그런 집을 만나지 못하는 것일까. 거실은 항상 어지럽다. 치워도 다시 제자리다. 주말부부이니 집안일은 내 차지다. 남편 도움받지 못한다는 생각에 울분이 솟구쳐 오른다.

소파 밑과 바닥을 닦고 있는데 남편에게서 영상통화가 왔다. 엎드린 채로 전화를 받았다. 휴대전화 후면 카메라로 거실을 보여줬다. 퇴근하고 지금까지 쉬지 못하고 청소만 하고 있다며 투덜댔다.

"아이 키우는 집이 다 그렇지 뭐. 사람 사는 집 같아서 좋네."

남편이 한마디했다. 사람 사는 집? 잡동사니든 장난감이든 모두 그냥 확다 갖다 버리고 싶은 마음뿐이다. 집안일은 줄어들기는커녕 자꾸 쌓이기만하는지 알다가도 모를 일이다.

남편은 오늘도 고생했다며 무리하지 말라고 했다. 주말에 내려가면 자기가 정리할 테니 이제 그만하고 쉬라고도 했다. 윤이에게 엄마 말 잘 들으라고 한마디 덧붙였다. 윤이가 '당연하지.'라고 말하며 고개를 끄덕였다.

육아와 집안일은 할 때면 마치 러닝 머신을 뛰는 느낌이다. 앞으로 발을 내딛지만, 같은 자리에 머물러 있는 듯하다. 모든 일을 잘하려고 스스로 너무 몰아붙이는 건 아닌가 하는 생각이 들었다.

뛰다 숨이 턱에 차면 속도를 낮추고 호흡을 가다듬어야 한다. 남편 말처럼 힘들 때면 쉬는 것도 필요하다. 나를 돌보는 시간 또한 중요하다. 남편이 내게 고생한다고 건넨 말에 마음이 풀린다. 엄마 말 잘 들어야 한다는 한마디도 큰 힘이 된다. 윤이가 로봇 합체 놀이할 때 나는 옆에서 스트레칭을 해야겠다.

이제 주말까지 이틀 남았다.

5.

아이가 아프면 엄마는 죄인이 된다

점심을 먹고 교정을 산책 중이었다. 휴대전화 진동벨이 울렸다. 어린이집이었다. 일과 중 전화라니 느낌이 좋지 않았다.

"어린이집입니다. 선반 모서리에 윤이 코가 찍혔어요. 코허리가 많이 부었습니다."

걸음을 멈췄다. 손이 떨리고 머릿속이 하얘졌다. 원장의 설명이 이어졌다. 점심 먹고 정리 중에 한 친구가 윤이에게 달려왔는데 발에 걸려 넘어지면서 선반 끝 모서리에 코가 찍혔다고 했다. 코가 심하게 부어서 내게 전화한다고.

아이를 데리고 병원에 가야겠다는 생각뿐이었다. 교무실로 뛰어갔다. 하필 그날은 7교시까지 수업이 있다. 전체 교사 시간표를 훑었다. 마음이 급하니 시간표가 눈에 잘 들어오지 않았다. 5교시 시작을 알리는 예비종이 울릴 쯤, 옆 반 선생님이 무슨 일이냐고 물었다. 어린이집에서 전화가 왔는데 아이가 모서리에 코가 찍혀 병원에 가야 한다고 했다. 수업계 담당 선생님이 말했다. 수업은 알아서 처리하겠으니 어서 병원에 가보라고 했다. 옆

반 선생님은 종례도 대신해 주겠다고 했다. 교감에게 사정을 이야기한 뒤 조퇴를 쓰고 어린이집으로 달려갔다.

원장과 담임 그리고 윤이가 문 앞에서 기다리고 있었다. 나를 보자마자 윤이는 "아야, 아야. 엄마, 엄마."를 외쳤다. 두 팔을 벌린 채 울음을 터뜨렸다. 아이를 안았다. 생각했던 것보다 코가 더 많이 부어있었다. 단순 타박상이 아닌 듯했다. 원장과 함께 정형외과로 갔다.

병원 안은 사람들로 붐볐다. 환자복을 입은 사람들, 휠체어를 타고 다니는 사람들, 목발을 짚은 사람들이 오갔다. 윤이는 입구에서부터 "싫어. 여기 아니야."라고 외쳤다. 코 낫게 하려 병원에 왔다고 말했지만 닿지 않는 듯했다. 윤이는 더 크게 울기만 했다. 진료 끝나고 아이스크림을 사주겠다며 달랬다. 새끼손가락을 걸고 나서야 울음을 멈췄다.

접수를 한 뒤 엑스레이를 찍었다. 의사는 사진 속 코뼈에 보이는 하얀 금을 가리켰다. 이대로 두면 뼈가 어긋나 붙게 될 거라고 설명하며 당장 수술이 필요하다고 말했다. '수술'이라는 말에 두 손이 떨리고 눈앞이 캄캄해졌다.

남편에게 전화했다. 남편이 큰 병원에서 한 번 더 진료를 받는 게 좋을 것 같다고 했다. 옆에 없어 미안하다며 윤이는 괜찮을 거라며 나를 다독였다. 부모님께도 연락했다. 대학병원에서 확인하자고 하셨다. 진료 의뢰서를 챙겨 나섰다. 어린이집 원장이 울산역까지 데려다주겠다고 했다.

금요일이라서인지 도로에는 이미 정체가 시작되었다. 원장을 재촉하진 않았지만, 자꾸만 내비게이션을 보게 되었다. 예상 도착 시간이 1분씩 늘어날 때마다 입이 바짝 말랐다. 휴대전화로 기차표 시간을 확인했다. 옆에 앉은 윤이 손을 꼭 잡았다. 빨갛게 부어오른 코와 울어서 퉁퉁 부은 눈을 보며 차라리 내가 아픈 게 더 낫겠단 마음뿐이었다.

울산역에 도착하자마자 윤이를 업고 플랫폼으로 달렸다. 기차 도착 5분 전이었다. 탈 수 있을 것 같았다. "실례합니다. 죄송합니다."를 외치며 사람들 사이를 가로질러 뛰었다. 에스컬레이터를 뛰다시피 올라갔다. 승무원이 승객들이 모두 탑승했는지 확인하는 순간이었다. "잠시만요."를 크게 외쳤다. 문이 닫히기 전에 가까스로 기차에 올랐다. 다리가 후들거렸다. 나의 목을 꼭 끌어안고 등에 붙어있던 아이도 길게 숨을 내쉬었다. 자리를 찾아 앉은 뒤 가쁜 숨을 가라앉혔다.

경북대학교 병원에 전화했다. 당일 접수는 현장에서만 받고 오후 4시 반에 접수가 마감된다고 했다. 동대구역 도착 예상 시간은 오후 4시 16분이다. 14분 만에 병원에 도착하기 어렵다. 사정을 말했지만, 돌아온 답은 "시간 지나면 접수 안 됩니다. 주말 진료는 없으니 다음 주 월요일에 오세요."였다.

이번엔 영남대학교 병원에 전화했다. 접수 창구에 오후 5시까지 진료 의뢰서를 내면 진료받을 수 있도록 처리하겠다고 접수원이 말했다. 전화를 끊을 때까지 감사하다고 말했다.

동대구역에 도착하자마자 병원으로 향했다. 엑스레이를 다시 찍었다. 진료 내용은 같았다. 뼈가 어긋나 붙으면 코가 휘어져 기능상 문제가 생길 수 있어 수술이 필요하다고 했다. 의사는 표정 하나 변하지 않은 채 덤덤하게 "간단한 수술입니다. 다만 전신마취를 해야 합니다."라고 말했다. 간단한 수술과 전신마취라는 말이 함께 나올 수 있다니. 세 살 아이 혼자 수술실에 보내야 한다니. 입술을 깨물었다. 아릿한 통증이 퍼졌다.

부기가 심해 바로 수술은 어렵다고 의사가 말했다. 주말 동안 상태를 보고 수술 여부를 결정하기로 했다. 밤 9시가 넘어 남편이 병원에 도착했다. 양손에는 과자와 장난감이 들려있었다. 헬로카봇 빨간색 골드렉스 레스큐를 꺼내자 그제야 윤이가 웃었다.

주말 동안 부기가 빠졌다. 회진 온 의사가 월요일 오전에 수술을 하자고 했다. 수술하면 나을 거란 기대에 월요일이 기다려지다가도 전신마취와 세 살 아이 혼자 수술실에 간다는 생각이 계속 마음에 걸렸다. 윤이를 안고 등을 토닥였다. 아이 숨소리에 맞춰 나도 숨을 들이쉬고 내쉬었다. 호흡을 맞추는 동안 윤이는 내 품에서 잠들었다. 조심히 침대에 눕혔다. 머리를 쓰다듬으며 자는 얼굴을 가만히 바라봤다. 나는 쉽게 잠들지 못하고 뒤척이며 밤을 새웠다.

다음 날 아침 수술실로 향했다. 이동 침대에 누운 윤이는 울먹이며 엄마를 외쳤다. 마취용 마스크를 얼굴에 씌울 때까지 아이 손을 놓지 않았다. 마취가 끝나자, 간호사가 나를 대기실로 안내했다.

중앙수술실 입구 양쪽에 큰 모니터가 있었다. 모니터에는 수술방 번호, 환자 이름과 수술 진행 상황이 표시되었다. 깍지 낀 두 손을 다리 위에 올리고 화면만 바라봤다. '수술 대기 중', '수술 중', '회복 중'으로 문구가 바뀌는 동안 자리에서 움직이지 않았다. 수술이 잘 끝나게 해달라는 말만 되뇌었다. 수술 후 깨어나기까지 1시간이 걸린다고 했다. 내게는 그 시간이 몇 갑절로 느껴졌다.

간호사가 보호자를 찾았다. 곧바로 회복실로 달려갔다. 윤이 얼굴엔 코 지지대와 반창고가 겹겹이 붙여져 있었다. 수술은 잘 끝났고 윤이의 컨디션도 좋았다. 회복이 빨랐고 경과도 좋았다. 코 수술 부위는 흔적 없이 매끈하다. 윤이는 수술받은 걸 기억하지 못할 정도다.

아이에게 무슨 일이 생기면 온갖 생각이 든다. 내가 일하느라 바빠 아이를 제대로 지키지 못해 아이가 아픈 건 아닌가 싶다. 자꾸 나를 탓하게 된다. 대신 아파줄 수 없어 마음 아프다. 하지만 미안한 감정은 불안과 후회만 더할 뿐 아이를 위하는 게 아니다. 아이가 다치거나 아플 때는 엄마가 해야 할 일은 분명하다. 증상에 따라 최대한 빨리 병원으로 간다. 진료받고 약을 처방받는다. 아이 상태가 더 나빠지지 않도록 간호하며 보살핀다. 회복 과정에서 필요한 것들을 최대한 챙긴다. 이 정도로 충분하다. 죄책감은, 사태를 수습하거나 아이의 치유에 아무런 도움이 되지 않는다. 엄마 자신의 심리적 불안만 가중할 뿐이다. 아이는 언제든 다칠 수 있고 그것은 엄마의 잘못을 의미하지는 않는다. 엄마는 죄인이 아니다.

6.

아이와 나, 아침부터 전쟁이지만

휴대전화 진동 알람이 울렸다. 손을 뻗어 껐다. 옆에 잠든 윤이를 바라봤다. 가슴까지 올라온 잠옷을 내려 배를 덮어주다가 등을 천천히 토닥이고는 침대에서 일어났다.

아파트 꼭대기 층. 거실 베란다로 나가 탁 트인 하늘을 봤다. 아침 햇살을 맞으며 크게 기지개를 켰다. 거실 바닥에 흩어진 자동차 장난감과 공룡 피규어를 정리함에 넣었다.

물 한 잔 벌컥벌컥 마시고 출근 준비를 시작했다. 양치와 샤워를 하고 머리를 말렸다. 기초 화장품과 선크림을 발랐다. 이마와 코, 볼, 턱에 점을 찍고 가볍게 두드렸다. 옷장 문을 열고 출근복과 아이 옷을 꺼냈다. 요즘 윤이는 자기 의사를 또렷하게 드러낸다. 본인이 고른 옷을 입고 어린이집에 가고 싶어 한다. 아침마다 옷 입기 전쟁이 벌어진다. 촉박한 출근 시간 때문에 마음이 급해지곤 했다. 그래서 생각해 낸 방법이 '두 개 중 한 개 고르기'다. 티셔츠와 바지, 양말을 각각 두 개씩 소파에 놓아둔다.

아침을 준비했다. 오늘 메뉴는 주먹밥이다. 밥 위에 소고기볶음 두 숟갈을 올리고 참기름 한 바퀴 둘렀다. 조물조물 뭉쳐 한입 크기 주먹밥 일곱 개를 만들었다. 물과 우유 한 잔씩 옆에 놓았다. 남은 밥은 내 몫이다. 다시 휴대전화 알람이 울렸다. 아이를 깨울 시간이다.

 침실 문을 열자 곤히 잠든 윤이가 보였다. 조금 더 자게 둘지 망설이다 고개를 저었다. 오늘도 지각할 수 없다. 아이 다리를 주무르며 '쭉쭉이'를 외쳤다. 아이는 눈 감은 채로 스트레칭을 했다. 그러고는 더 자고 싶다며 양손으로 눈을 가렸다. 등을 긁어주고 볼에 뽀뽀했다. 아이가 기분 좋게 일어나야 미안한 마음이 덜 든다. "아구 기특해. 아구구 착해."라고 말하며 아이를 어르고 달래 일으켰다. 세수하고 나면 아이도 서서히 깨어난다. 좋은 꿈 꿨냐고 묻자 언제나처럼 엄마 아빠 꿈꿨다고 답하며 미소를 짓는다.
 아일랜드 식탁에 마주 앉자, 윤이는 엄마 밥이 제일 맛있다며 엄지를 들어 보였다. 얼마 뒤 휴대전화 알람이 다시 울렸다. 옷 입을 시간이다. 양치를 마친 윤이는 소파로 가 오늘 입을 옷을 바라봤다. 어제는 자동차였으니, 오늘은 공룡 차례란다. 좋은 선택이라고 말하며 서둘러 옷을 입혔다. 오른손, 왼손, 오른발, 왼발을 말할 때마다 척척 내밀었다. 호흡이 잘 맞다.
 손을 잡고 길을 나섰다. 몇 시에 데리러 오냐고 윤이가 물었다. 오늘 방과후 수업이 없어 학교 마치고 바로 가겠다고 했다. 끝나고 딸기주스 마시러 가자는 말에 윤이는 두 팔을 들고 콩콩 뛰었다. 엄마 올 때까지 친구들과 선생님이랑 잘 지내고 있으라고 하자 윤이는 고개를 끄덕였다.

 그런데 어린이집 신발장에 남자아이가 울고 있었다. 같은 학교에 근무하는 선생님의 아이였다. 윤이는 신발을 벗어 자기 이름이 적힌 칸에 넣었다. 그러고는 어린이집 가방 앞주머니에서 비상용으로 넣어둔 뽀로로 비타민 두 개를 꺼냈다. 윤이는 아이에게 비타민을 건넸다. 울음을 그친 아이와 손을 잡고 어린이집 안으로 들어갔다. 동료 선생님과 나는 손을 흔들어 인사한 뒤 학교로 향했다.

"우리 애는 아침마다 울고불고하는데 윤이는 울지도 않네. 진짜 신기하다."

윤이도 아침마다 나와 헤어지는 순간이 힘들 텐데 울지 않는다. 아무렇지 않은 듯 손을 흔든다. 나도 웃으며 인사하고 어린이집을 나선다. 가는 척하다 다시 뒤돌아서 유리문 너머로 아이의 뒷모습이 사라질 때까지 바라본다. 자기를 믿고 응원하는 내 마음을 아는 걸까. 윤이의 그 강인함이 고맙다.

2018년 3월 2일 금요일. 2년 만에 복직하는 날이자 우리 아이의 첫 사회생활을 시작한 날이다. 지금도 그날이 생생히 기억난다. 아이는 어린이집 입소 첫날부터 적응 기간도 없이 오전 8시부터 오후 5시까지 9시간을 어린이집에서 보냈다.

보통 어린이집 첫 달은 아이의 심리적 안정에 초점을 맞춘다. 그 때문에 주 양육자와 함께 교실 안에서 시간을 보낸다. 2주 차부터는 다른 아이들과 함께 어울린다. 점차 시간을 늘려가며 점심도 먹고 낮잠도 잔 뒤 하원한다. 아이의 기질과 성향도 고려하며 어린이집에 잘 동화될 수 있도록 주의를 기울인다. 그런데 우리 아이는 적응 기간을 가질 수 없었다. 맞벌이 주말부부에다 타지에서 일하기 때문에 가족의 도움을 받을 수 없는 상황이었다. 서울에서 근무하는 남편은 주말이 되어야 볼 수 있다. 본인 일 제쳐두고 내려와 아이를 봐달라고 말하기 어려웠다. 어른들께 부탁드리는 것도 죄송스러웠다. 부모님은 현직에 계셨고 시어른들도 일하시느라 바쁘셨다.

"윤아, 이제 엄마하고 윤이하고 우리 둘이 울산에서 지내게 될 거야. 엄마는 학교 가고 우리 윤이는 어린이집 가고. 잘할 수 있지?"

"응. 할 뚜 이떠. 하팅!"

늘 '잘할 수 있을 거야.'라고 마음속으로 속삭였다. 집안일할 때나, 밥 먹을 때나, 아이를 재울 때도, 잠깐의 여유가 생기면 혼잣말했다. 아이를 응원하는 마음이기도 했고 동시에 나 자신을 다잡는 다짐이기도 했다.

일하는 내내 윤이 걱정이 떠나지 않았다. 울지는 않을까. 엄마를 찾지는 않을까. 일어났다 앉기를 반복했다. 몇 차례나 휴대전화를 확인했다. 오후 1시쯤, 어린이집에서 전화가 왔다. 윤이처럼 이렇게 적응 잘하는 아이 처음 봤다고 원장이 말했다. 걱정할까 봐 연락했다는 말에 눈물이 핑 돌았다. 그제야 손에 쥐고 있던 휴대전화를 내려놓았다. 의자에 몸을 기대고 책상에 앉았다. 모니터 속 업무용 메신저가 깜빡이고 있었다. 열어보니 받은 쪽지가 서른 개가 넘게 쌓여 있었다. 하나씩 확인하며 해야 할 일을 정리하고 마무리했다.

나의 복직 첫날. 윤이도 새로운 생활을 시작했다. 낯선 환경에서도 울지 않았고 새로 만난 사람들과도 어울렸다. 간식뿐 아니라 점심도 잘 먹었다.

심지어 낮잠도 잤다. 아이는 생각보다 훌륭히 해냈다. 물론 매일 완벽할 수 없다는 것 안다. 늦게 일어나서 지각할 때도 있고, 아이가 아픈 날도 있을 거다. 어린이집 가기 싫어 생떼를 부리기도 하고 엄마와 떨어지기 싫다며 울기도 할 테다. 그래도 괜찮다. 일단 시작하면 어떻게든 해낼 수 있다는 걸 알게 됐다. 윤이는 워킹맘인 나의 삶에 맞춰 매일 조금씩 적응하고 해낸다. 아이 덕분에 나는 다시 '나'로 살아간다. 아이는 아이대로, 나는 나대로 하루를 채워간다. 우리만의 속도로 한 걸음씩 나아간다.

지친 마음에 놓는 한 줄

뭐든 처음은 어렵다. 하지만 시작하면 길이 보인다.
한 걸음, 또 한 걸음. 발자국이 모여 길이 된다.

7.

직장 퇴근 후 육아 출근

퇴근 시간은 이미 지났지만, 교직원 회의는 계속 이어졌다. 디지털교과서 연구학교로 지정되어 관련 업무 배정과 추진 일정을 정해야 했다. 휴대전화로 시간을 몇 번이나 확인했지만 쉽게 끝날 기미가 보이지 않았다. 여러 말이 오고 갔지만 결론이 나지 않았다. 교장이 마이크를 잡고 부장단 회의에서 다시 논의하자고 말하며 회의를 마무리했다. 책상 위에 흩어진 서류를 재빨리 모아 교무 수첩 사이에 끼웠다. 오른쪽, 왼쪽으로 고개 숙여 인사한 뒤 서둘러 일어섰다. 부장과 눈이라도 마주치면 또 다른 이야기로 시간이 길어질까 봐 빠르게 회의실을 빠져나왔다. 평소 퇴근 시간보다 1시간 더 늦어졌다. 입구를 바라보며 나를 기다리고 있을 윤이의 모습이 눈앞에 아른거린다. 회의 때문에 늦을 거라고 미리 말해두었지만, 마음이 급해졌다.

교문을 지나 어린이집으로 뛰었다. 어린이집에 남아 있는 유아는 열 명도 되지 않았다. 붕붕카를 타고 놀고 있는 아이들 사이에서 윤이를 찾았다.

윤이는 타고 있던 경찰차를 내팽개치고 두 팔 벌려 달려왔다. 늦게 와서 미안하다고 하자 나를 꼭 안으며 괜찮다고 말했다. 가방을 메고 신발을 신으며 김치 먹은 이야기를 들려줬다. 밥 두 그릇에 빨간 김치를 먹었는데 하나도 맵지 않았다고 했다. 어깨를 한껏 올리고 말하는 윤이에게 빨간 김치를 먹는 멋진 형이라고 치켜세웠다.

놀이터로 향했다. 집에 가기 전 들리는 장소다. 오늘처럼 늦게 데리러 가더라도 놀이터를 건너뛰고 집에 가지 못한다. 윤이는 미끄럼틀 열 번 넘게 타고 그네를 탔다. 나와 같이 시소를 탄 뒤 두 팔 벌려 반원 타이어 위를 건넜다. 나뭇가지를 주워 모래 위에 그림을 그리고 땅을 파며 놀았다. '나 잡아 봐라' 놀이도 빼먹지 않는다.

금요일에는 한마음 공원으로 간다. 어린이집 옆에 있는 생태 놀이터로 볼거리가 많다. 나무 위에는 알록달록 색깔의 새집이 있다. 나무를 겹겹이 쌓아 올린 곤충 호텔에는 무당벌레와 집게벌레 같은 곤충들이 살고 있다. 윤이는 끊임없이 질문한다. "엄마, 이것 봐. 엄마, 이거 뭐야? 신기해." '엄마'를 먼저 부르고 이야기를 이어간다. 아이의 호기심 가득한 모습을 카메라에 담는다. 한참 뛰어놀고 나서야 집에 들어가자는 말이 먹힌다. 물론 집에 가기 싫다는 마음을 온몸으로 표현한다. 그럴 때는 젤리나 아이스크림으로 달래서 집으로 향한다.

집에 오자마자 다시 분주해진다. 소파 옆에 가방을 놓고 옷을 갈아입은 뒤 주방으로 간다. 저녁 준비하는 동안 윤이는 TV를 본다. 빠른 식사 준비는 고기구이가 제격이다. 채끝살을 꺼내 프라이팬에 구웠다. 나물 반찬과 김치를 냉장고에서 꺼냈다. 어린이 그릇에 밥과 반찬을 담고 구운 소고기 가위로 잘라 올려놓았다. 밥과 고기, 나물을 한 숟갈에 담아 그릇에 걸쳐 놓으면 윤이는 숟가락을 들어 한입에 먹었다. 종종 반찬을 흘리기도 하지만 신경 쓰지 않으려 노력한다. 깨끗이 먹으라고 아이에게 잔소리하는 것보다 밥 다 먹이고 한꺼번에 치우는 게 더 빠르기 때문이다.

밥을 먹으며 집안일한다. 밥 한 숟가락 입에 넣고 빨래통에 담긴 옷을 분류해 세탁기에 넣는다. 다시 밥 한술 떠먹고 바닥에 흩어진 장난감을 주워 정리함에 담는다. 종종 걸려 오는 학생과 학부모 상담 전화로 식사 시간이 길어질 때도 있다. 통화를 한 만큼 쉴 틈은 줄어든다.

식사가 끝나고 설거지를 하는 동안 윤이는 거실에서 논다. 정리된 거실이 마음에 든다고 좋아했다. 그 말에 미소가 지어졌다. 그것도 잠시. 그새 아이는 치워둔 장난감 함을 들고 뒤집었다. "엄마 방금 치웠는데!"라고 소리쳤지만 이미 장난감은 거실 바닥에 깔렸다.

수세미 꽉 쥐고 벅벅 그릇을 문질렀다. 치우는 사람 따로 있고 어지르는 사람 따로 있다는 말이 절로 나왔다. 힐끗 눈을 흘기며 윤이를 바라봤다. 내 마음을 아는지 모르는지 쪼그리고 앉아 열심히 뭔가를 만들고 있었다. 잠시 뒤 나무 접시를 양손에 들고 조심조심 걸어 왔다. "엄마가 좋아하는 떡볶이 배달왔어요."라며 내게 접시를 내밀었다. 빨간색 원목 블록과 초록색 레고 블록이 담겨있었다. 반달 눈웃음을 짓는 모습에 나도 모르게 웃음이 났다. 냠냠 먹는 시늉을 했다. 만원이라는 말에 고무장갑을 벗고 '삑' 소리를 내며 신용카드 결제 흉내를 냈다.

씻을 차례다. 샴푸를 짜서 거품을 내 윤이 머리카락에 묻혔다. 도깨비 뿔이나 닭 볏 모양을 만들었다. 거울 속에 비친 자신의 헤어스타일이 마음에 드는지 까르르 웃었다. 윤이는 상어와 공룡 목욕 친구들을 씻기고 나는 아이를 씻겼다. 드라이어기로 머리카락을 말렸다. 로션 바르고 옷을 입혔다. 나도 젖은 옷을 벗고 샤워를 재빨리 끝낸 뒤 빨래를 정리하고 잠자리에 들 준비를 했다.

9시쯤이면 퇴근한 남편에게서 연락이 온다. 영상통화로 서로의 안부를 묻는다. 어린이집과 공원에서 놀았던 일, 늦게 퇴근한 이야기, 저녁 먹은 얘기까지 이어졌다. 통화를 끝내고 집안의 불을 모두 끄고 침대에 누웠다. 자기 싫다고 투정 부리는 윤이에게 내일 또 자미있게 놀자고 다독였다.
아이가 잠이 들면 잠시의 여유를 찾을 수 있다. 내일 수업과 회의 준비, 그리고 집 안 정리를 해야 한다. 아이를 재우다 나도 모르게 잠이 들었다. 깜짝 놀라 눈을 떠보니 새벽 2시. 깜빡 잠이 든 나를 자책하며 방에서 나왔다. 식탁에 앉아 노트북을 펼쳤다. 그래도 잠깐 눈을 붙인 덕분에 집중해서 업무를 끝냈다.
윤이의 가방 속에서 알림장을 꺼냈다. 준비물을 확인하고 물티슈와 기저귀를 쇼핑백에 넣어 문 앞에 두었다. 흩어진 옷들을 정리하고 다시 방으로 돌아왔다. 3시간 뒤 일어나 출근 준비해야 한다.

끝이 있으면 쉼이 있어야 하는데, 일이 끝없이 이어진다. 학교에서도 집에서도 뚜렷한 성과를 느끼지 못한다. 지각하지 않으려 서두르던 아침, 업무에 쫓기던 오후, 가사와 육아로 이어지는 밤. 하루 동안 참아온 감정이 밀려온다. 쉽게 잠들지 못한다.

시간에 쫓기며 하루하루를 버틴다. 지금 내가 잘하고 있는지 의구심만 든다. 울컥 눈물이 차올라 길게 숨을 내쉬어본다. 흐르는 눈물을 손등으로 닦다가 그만 옆에 잠든 윤이 왼쪽 팔을 톡 건드렸다. 아이가 몸을 돌리더니 더듬더듬 내 오른손 엄지손가락을 잡고 조물조물한다. 온기가 느껴진다. 깜깜한 방 안에서도 희미하게 아이의 모습이 보였다. 몸을 살짝 옆으로 돌려 윤이를 품에 안고 조용히 아이 등을 토닥였다. 나의 지친 몸과 마음도 어루만지는 듯하다.

언제 끝날지 모르는 수고들, 힘들고 괴로운 이 시간도 결국은 끝이 있음을 안다. 이토록 치열하고 고단한 날들이 언젠가는 추억이 되어 문득 그리워질 거라는 것도.

잠든 아이 손을 부드럽게 어루만지고 볼에 가볍게 입 맞췄다. 오늘을 견뎌낸 우리. 잘하고 있다.

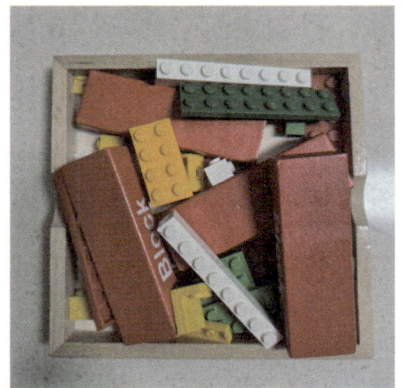

8.

아이보다 내가 더 흔들렸다

새 학년도가 시작되면 제일 먼저 학교 학사 일정을 확인한다. 학사 일정이란 학교에서 이루어지는 교육과 경영 계획을 말한다. 학기 시작과 끝, 수업 일수, 방학 기간, 시험 일정 및 다양한 학교 행사를 알 수 있다. 수학여행 날짜에 빨간 펜으로 동그라미와 별표를 쳤다. 유독 수학여행이 신경 쓰이는 이유는 바로 윤이 때문이다. 2박 3일 동안 어디에 맡겨야 할지, 누구에게 부탁해야 할지 고민이다.

교육청 출장이나 대부분의 학교 행사는 늦게 끝나도 당일에 마무리되기 때문에 어린이집 연장 보육을 신청하면 된다. 하지만 수학여행이나 수련회의 경우 이야기가 달라진다. 2박 3일 동안 출장이 이어진다. 담임으로서 반 아이들을 인솔해야 한다. 내 아이 돌봄을 이유로 수학여행을 못 간다고 말할 수도 없는 노릇이다.

남편에게 윤이를 맡기고 싶어도 쉽지 않다. 우리는 주말부부다. 남편은 서울에서 근무한다. 매일 새벽 출근에 야근까지 하는 상황이다. 결국 '부모님 찬스'를 쓰는 수밖에 없다. 이번엔 시부모님께 부탁을 드렸다. 다행히 도와주겠다며 걱정하지 말라고 하셨다. '죄송합니다.'와 '감사합니다.'를 반복하며 마음을 전했다.

결혼 전에는 몰랐다. 아이들과 떠나는 수학여행이 기대됐다. 학교를 벗어나는 기분에 마냥 설렜다. 평소의 정장 대신 편한 맨투맨과 청바지에 모자까지 쓸 수 있다. 여행 준비를 핑계 삼아 백화점에 들러 옷을 샀다. 한 달 내내 준비하는 학생들의 장기자랑도 기대됐다. 그런데 아이를 키우는 워킹맘이 되니 상황이 달라졌다. '엄마 없는 동안 잘 지낼 수 있을까? 밤에 잘 자겠지? 울지는 않겠지? 할아버지, 할머니 말씀 잘 들을까?' 수학여행은 5월인데 새 학기 첫날부터 걱정만 쌓인다.

수학여행 하루 전날. 전교생을 강당에 모아 안전 예방 교육을 했다. 방과 후에는 동 학년 회의를 한 번 더 진행했다. 일정표, 야간 당직 시간표, 구급상자와 학생 및 학부모의 비상 연락망을 재확인했다. 퇴근과 동시에 마음이 급해졌다. 윤이를 시부모님께 맡겨야 하기 때문이다.

어린이집에서 아이를 데리고 집에 도착했다. 기저귀를 확인하고 전날 챙겨둔 윤이 짐가방을 어깨에 둘러멘다. 휴대용 유모차에 윤이를 태우고 버스 정류장으로 발걸음을 옮겼다.

버스를 타고 울산역까지 40분, 기차 타고 20분 그리고 동대구역에서 시부모님댁까지 30분이 걸린다. 양쪽 어깨에 가방과 유모차를 하나씩 메고 아이를 안고 버스와 기차를 타고 내리느라 허리가 욱신거렸다. 짐가방과 유모차 때문에 자리가 비좁았다. 무엇보다 이동 내내 아이를 조용히 시키

느라 온 신경이 곤두섰다.

저녁 7시 넘어 시부모님 댁에 도착했다. 시어머니께서 차려주신 따뜻한 밥 한 그릇 뚝딱했다. 아이 짐을 풀기도 전에 나서야 했다. 막차 시간 때문이었다. 내일 수학여행 출발은 오전 7시다. 새벽 첫차를 타고 가면 늦을 것 같아 지금 떠날 수밖에 없다. 아이와의 첫 이별이라 긴장되었다. 어떻게 인사하지? 웃으며 인사할까? 아이가 울면 차갑게 돌아설까? 시간의 압박에 마음 정하지 못했다. 평소처럼 인사하리라 마음먹었다. 할아버지와 공놀이 하는 윤이에게 엄마 3일 뒤에 온다고 말했다. 내게 조르륵 달려와 '엄마 빠이빠이'하며 손을 흔든다. 가지 말라고 떼쓰거나 울지 않을까 걱정했건만 예상과 달리 아이는 쿨하게 인사한다. 아이를 꼭 안고 볼에 입 맞췄다. 미련이 남아 헤어지지 못하는 연인처럼 나만 마음이 찢어지는 것 같다. 발길이 쉽게 떨어지지 않았다.

시어른께 인사드리고 동대구역으로 향했다. 택시 타고 기차 타고 리무진 버스 타고 걸어 왔던 길을 되돌아가야 한다. 늘 윤이 손을 잡고 다니던 길인데 손이 허전하다. 재잘거리던 아이 목소리가 그립다. 집으로 가는 기차와 버스 안에서 휴대전화 속 윤이 사진을 봤다.

윤이가 태어나고 육아휴직을 2년 하는 동안 아이와 24시간 딱풀처럼 붙어 지냈다. 복직하며 윤이를 어린이집에 보내게 되었을 때 마음이 편치 못했다. 이번에는 수학여행으로 3일 동안이나 떨어져 있을 생각을 하니 아찔하다. 아이가 울거나 보채기라도 하면 어쩌나 걱정 구름이 또다시 내 마음속에 가득 찼다.

밤 11시쯤 집에 도착했다. 카카오톡 알람이 울렸다. 어머님께서 보낸 메시지였다. 윤이는 할아버지와 낚시 놀이를 실컷 하고 샤워 후 바로 잠들었다고 하셨다. 걱정 말고 잘 다녀오라는 인사와 함께 윤이의 웃는 모습과 자는 모습이 담긴 사진도 보내셨다.

짐 정리를 끝내고 침대에 누웠다. 오늘따라 침대가 더 크게 느껴졌다. 이리 뒤척 저리 뒤척. 눈을 감아도 잠이 오지 않았다. 휴대전화로 윤이 사진을 보며 잠을 청했다. 얼마나 시간이 흘렀을까. 알람 소리에 눈이 번쩍 떠졌다. 진동모드로 설정하지 않고 자버렸다니. '윤이가 깨면 어쩌지?'라는 생각에 반사적으로 손을 뻗어 알람을 껐다. 고요하다. 윤이가 없단 걸 깜빡했다. 옆에 놓인 작은 베개를 만지작거리다 몸을 일으켰다. 평소보다 아침 시간이 천천히 흐르는 듯하다. 우유에 시리얼 말아 먹고 출근 준비를 끝냈다. 혼자 걷는 출근길이 낯설다.

수학여행 버스가 고속도로에 들어섰다. 멀리 울산역이 보였다. '이제 일어났으려나?'하고 윤이 생각을 하던 찰나에 카톡 소리가 울렸다. 까치집 머리로 아침을 먹는 윤이 사진이었다. 시어머니께서 내 마음을 읽으시기라도 한 듯 수학여행 동안 자주 메시지를 보내셨다. 밥 먹을 때, 이발할 때, 공원 산책할 때, 카트 타고 장 볼 때, 잠잘 때 찍은 사진을 통해 윤이의 하루를 볼 수 있었다.

숙소에 도착하면 영상통화를 했다. 윤이 얼굴을 보니 절로 목소리 톤이 높아지고 미소가 지어졌다. 불과 3분도 채 되지 않았는데 아이는 '빠빠이'를 외쳤다. 나보다 〈로보카 폴리〉가 더 보고 싶은가보다. 울지 않고 씩씩히 잘 지내고 있는 게 어디냐며 마음을 달랬다.

아이와의 첫 이별. 감정이 오르락내리락했다. 시소를 타듯 걱정과 미안한 마음에 들쑥날쑥 흔들렸다. 하지만 내가 걱정했던 일은 일어나지 않았고 아이는 예상보다 훨씬 잘 해냈다. 엄마를 찾지 않고 '3잘(잘 먹고 잘 놀고 잘 자기)'의 임무를 멋지게 완수한 아이. 널뛰는 내 마음 알아채고 이리저리 받침대를 옮기며 무게중심을 잡아줬다. 걱정 때문에 흔들린 사람은 나였다. 아이는 자기만의 방식으로 견뎌냈다. 다음번 수학여행은 아이와 웃으며 헤어질 수 있을 듯하다.

워킹맘 노트 1.

버티는 하루를 지나온 당신에게

하루를 견디느라 애쓴 마음은 금세 사라지는 것 같아도, 사실은 몸과 마음 어딘가에 그대로 남아 있습니다. 이 부록은 그 무게를 잠시 내려두고, 오늘의 나를 작은 언어로 살펴보는 자리입니다. 단 한 줄만 적어도 충분합니다. 버티기만 하던 하루 끝에서, '나'를 다시 숨 쉬게 해주는 기록이 되어줄 테니까요.

1. 오늘 나를 가장 힘들게 한 장면은 무엇이었나요?

_____

_____

_____

_____

_____

2. 그 순간에도 내가 놓지 않은 마음은 무엇이었나요?

(예: 책임감, 미안함, 사랑, 버티는 힘)

_____

_____

_____

_____

_____

3. 오늘 단 5분이라도 쉬어갈 틈이 있었나요?
없었다면, 내일 만들고 싶은 틈은?

_____

_____

_____

_____

4. 아이가 오늘 내게 보여준 작은 신호 하나
(예: 웃음, 손짓, 눈빛, 기대)

_____

_____

_____

_____

5. 오늘의 나에게 건네고 싶은 한 문장

_____

_____

_____

_____

2장
주말부부, 멀리서 견딘 시간들

1.

주말이 되어야 비로소 함께다

수능을 치고 토익 영어학원에 등록했다. 1월 개강 첫날, 강의실 문을 열었다. 열 명 남짓 앉아 있는 강의실에는 칠판 가까운 자리만 비어 있었다. 강의실 문 쪽 의자에 앉아 강의실 안을 둘러봤다. 왼쪽 대각선 건너편에 떡볶이 단추의 회색 코트를 입은 남학생이 앉아 있었다. 대학생과 직장인들 사이에서 나와 그 남학생만 고등학생이었다. 소규모 영어 수업 덕분에 수강생들끼리 금세 친해졌다. 그중 그 남학생과 나는 더 자주 이야기하는 사이가 되었다.

겨울방학 특강 토익 수업이 끝났지만, 우리는 대학생이 되어도 계속 연락하며 지냈다. 그가 군 제대 후 복학하여 대학 생활할 때 나는 중등 임용 준비와 대학원 공부를 했다. 각자 취업 공부와 자격증 준비로 바쁘게 지냈지만, 안부를 전하며 서로의 미래를 응원했다. 2009년, 중등 임용 시험에 합격해 울산에서 교직 생활을 했다. 다음 해에 그는 대학 졸업과 동시에 거제도에서 직장 생활을 시작했다.

줄곧 미묘하게 엇갈리던 우리는, 결국 장거리 연애를 하게 되었다. 근무지가 달라 자주 만날 수 없었다. 한 달에 두세 번 정도 만나는 게 전부였다. 당시에는 놀토(토요 휴업제)가 시행되어 격주마다 주 5일 수업을 했다. 그는 주말이나 휴일 근무를 피할 수 없는 사회 초년생이었다. 결국 우리는 주말 하루를 온전히 서로에게 할애했다. 평일에는 각자 자기 일에 몰두하고, 격주에 만날 때는 온종일 데이트를 즐겼다. 브런치를 시작으로 종일 맛집과 카페를 찾아다니기도 했다.

결혼 후 주말부부가 되었다. 연애 때와 비슷해 큰 차이를 느끼지 못했다. 오히려 서로의 공간이 있어 편하다고 생각했다. 남편의 근무지는 거제에서 대전, 대구, 서울로 바뀌게 되어 신혼집은 내가 일하는 울산으로 정했다. 남편은 금요일 밤이나 토요일 새벽에 내려와 주말마다 함께 있었다. 결혼은 했지만 사실상 장거리 연애의 연장선이나 다름없었다.

문제는 임신하고부터였다. 연애할 때나 신혼일 때는 아무렇지도 않던 것들이 하나둘씩 마음에 거슬리기 시작했다. 산부인과에 갈 때마다 마음이 편치 않았다. 남편과 같이 온 산모들 사이에 혼자 앉아 있자니 어색했다. 아기집을 처음 볼 때도, 아기 심장 소리를 처음 들었을 때도, 임신하고 '처음' 마주하는 중요한 순간마다 남편과 함께하지 못했다. 진료를 받고 난 후 남편에게 한두 줄의 문자 메시지를 보내는 게 전부였다.

두 번의 유산 소식을 들었던 날을 떠올리면 지금도 가슴이 쿡쿡 찌르듯이 아프다. 병원 구석 벽에 기대어 앉아 배를 감싼 채 흐르는 눈물을 계속 닦아내던 순간은 지금도 선명하다.

유산 후 몸조리도 쉽지 않았다. 집에 있어도 쉬는 게 아니었다. 펑펑 울다 멍하니 앉아 있기를 반복했다. 집은 어둡고 고요했다. 남편이 옆에 없다는 사실만 더 또렷이 느껴질 뿐이었다.

첫째를 가졌을 때는 걷는 것부터 먹는 것까지, 과장해서 숨 쉬는 것조차 조심했다. 임신 초기 5개월 동안 입덧으로 고생했다. 냄새에 예민해져 냉장고 문 여는 게 힘들었다. 종일 속이 울렁거려 퇴근하고 집에 돌아오면 침대에 쓰러져 천장만 바라보곤 했다.

감기에 자주 걸렸다. 산부인과에서 임산부가 먹을 수 있는 약을 처방받았지만, 이는 어디까지나 최악의 상황에 대비한 심리적 안전망이었다. 마음이 편안해지기 위해 받아둔 거지 실제로 약을 먹을 계획은 아니었다. 혹시나 하는 마음에 감기약을 먹는 게 조심스러웠다. 고열이 나거나 정말 아파서 견딜 수 없을 때 먹겠다고 다짐하며 약을 보관함에 넣었다.

매일 밤 남편과 통화했다. 내 코맹맹이 소리와 기침을 들은 남편은 늘 같은 말을 했다. 약 먹고 빨리 낫는 게 좋지, 힘들게 고생하지 말라고 했다. 틀린 말이 아니었다. 하지만 그 말이 고맙게 들리지 않았다. 왜 약을 먹지 않고 버티는지 내 마음을 이해하고 조금 더 공감해 주기를 바랐다.

연애부터 장거리 커플이던 우리는 함께하는 시간이 짧아 아쉽긴 했지만 불평하지 않았다. 싸우거나 다투는 순간조차 아까웠다.

결혼 후 달라진 점이라면 장거리 커플에서 주말 부부로 이름이 바뀌었을 뿐이다. 평일에는 각자 일에 집중하고 주말에 만났다. 결혼 후에도 계속해서 연애하는 기분이었다. 나만의 시간과 공간도 그대로 유지할 수 있어 좋았다.

그러나 임신 후 상황이 달라졌다. 혼자 있는 시간이 더 이상 편하지 않았다. 몸은 무거워지고 마음은 예민해졌다. 남편이 곁에 있어 줬으면 하는 상황이 점점 더 많아졌다. 임신 후에는 모든 일을 혼자 감당해야 한다는 사실이 점차 부담으로 다가왔다. 남편의 빈자리가 크게 느껴졌다. 전화 안부나 메시지만으로는 위로가 되지 않았다. 그때 알았다. 주말부부. 떨어져 있어 외롭다기보단 있어야 할 순간에 옆에 없다는 아쉬움이 더 크다는걸.

무엇이든 마냥 좋기만 한 일은 없다. 인생은 롤러코스터라는 말도 있지 않은가. 좋은 일이 있으면 힘든 일이 있기 마련이고, 구름 걷히면 맑은 날이 오는 법이다. 행복하고 좋기만 했던 우리 사랑에도 바람이 불기 시작했다.

지친 마음에 놓는 한 줄

비가 지나간 뒤, 무지개가 빛난다.
종일 흐리고 비가 오는 날이어도 괜찮다.
늘 맑은 날만 있다면 무지개를 만날 일도 없을 테니까.

2.

갑자기 왈칵 눈물이 나

또 터졌다. 이번엔 광고다. 15초짜리 K 은행 홍보 영상인데, 자녀가 부모님의 응원 영상을 보며 눈물 흘리고 감동하는 내용이다. 이미 조금 전 〈순간 포착, 세상에 이런 일이〉를 보면서 한바탕 휴지를 흘어 놓은 상태다. 어제 아침에는 SG워너비 김진호의 〈가족사진〉을 듣다가 울었고, 어젯밤에는 조조 모예스의 『미 비포 유』를 읽으면서 울었다. '또 울고 난리야. 정말.' 손으로 눈물을 닦으며 혼잣말했다. '우는' 정도가 아니라 줄줄 새는 정도다. 감성? 아니다. 과거의 상처? 그것도 아니다. 굳이 말하자면 '그냥'이다. 주인공에게 감정이 이입된다. 분위기만 잡혀도 가슴이 뭉클하다.

'슬픔 거리두기'를 꾸준히 했다. 경쾌한 멜로디의 음악을 주로 들었다. 신파가 담긴 이야기는 멀리했다. 해피엔딩의 드라마나 코미디, 애니메이션을 주로 봤다. 어려운 상황이 있어도 쉽게 포기하는 대신 해결책을 찾아내는 주인공을 닮으려 노력했다. 밝은 내용만을 찾아 즐겼다. 자연스레 밝은 분위기를 지니게 되었고 자주 웃었다.

조리원 생활을 시작하면서 눈물과 걱정 그리고 짜증 3종 세트가 한꺼번에 왔다. 출산 후 호르몬의 변화 때문이었을 거다. 어쩌면 엄마의 자격이 부족하다는 불안한 마음 때문에 더 그랬을지도 모른다.

모유 수유 전문가가 있는 산부인과 병원의 조리원을 골랐다. 방에 들어와 짐을 풀고 있는데 탁자 위 전화기가 울렸다. 모유 수유 특강이 있으니 3층 강의실로 오라는 안내였다. 하던 정리를 대충 마무리하고 강의실로 향했다. 강사는 말했다. 모유 수유는 엄마가 아이에게 줄 수 있는 최고의 보약이라고. 그 말이 오래 남았다.

젖이 돌기 시작하자 젖몸살을 심하게 앓았다. 가슴 전체가 돌처럼 딱딱해졌다. 바늘로 콕콕 찌르는 듯하더니 나중에는 칼에 베인 듯 고통스러웠다. 스치기만 해도 움찔했다. 39도의 고열까지 덮치니 눈물이 났다. 의사가 진통제를 처방해 줬지만, 손이 가지 않았다. 달리 방법이 없어 끙끙대고 있는데 간호사가 명함을 건넸다. 오케타니 마사지(산후 유방 관리)였다. 마사지를 받아 막힌 유선을 풀었다. 전문가가 알려준 방법을 떠올리며 수시로 마사지했다. 통증은 쉽게 가라앉지 않았다. 밤늦게까지 잠들지 못하고 양쪽 가슴을 부여잡고 울었다. 마사지를 두 번 더 받고 나서야 가슴이 말랑해졌다. 살 것 같았다.

하루 네다섯 번의 수유콜을 받았다. 마사지를 받고 나니 모유 수유는 가능해졌다. 하지만 아기에게 젖을 물려도 수유는 쉽지 않았다. 젖양이 많지 않아 아기는 배부르게 먹지 못했다. 수유를 마치고 방에 들어와 유축기 앞에 앉았다. 양을 늘리고 싶었다. 드르륵, 드르륵, 푸슝, 푸슝. 유축기 소리가 조용한 방안에 퍼졌다. 양쪽 가슴을 번갈아 3분씩 3세트를 유축했다. 수유 후 바로 유축하면 젖양이 는다고 했는데 결과는 기대에 못 미쳤다. 140ml 젖병 바닥에 얇게 깔릴 정도다. 젖병을 들고 수유실로 가는 발걸음이 무거웠다.

수유실에는 산모 세 명이 소파에 띄엄띄엄 앉아 있었다. 조금 전 수유콜을 받고 왔을 때 함께 있었던 건너편 방 산모는 여전히 아이를 품에 안고 있었다. 놀랍기도 하고 부럽기도 했다. 젖병 보관함 앞에서 내 이름을 쓴 스티커를 뚜껑 위에 붙였다. 적은 양이 보일까 싶어 손으로 젖병을 최대한 감싼 채 보관 바구니 안에 넣었다.

젖도 잘 나오고 아기도 곧잘 빨아줘서 직수(직접수유)가 세상 편하다는 옆방 산모의 너스레가 이어졌다. 이에 뒤질세라 앞 방 산모도 한마디 보탰다. 한 번 유축하면 젖병 두 개를 가뿐히 채운다고 했다. 수유패드를 하루에 여섯 번씩 교체한다는 자랑까지 이어갔다. 모유 수유가 편하다는 그들의 말과 웃음소리에 시선을 떨구었다. 곧바로 수유실을 빠져나왔다. 방에 들어오자마자 소파에 털썩 앉았다. 테이블 위에 놓인 유축기를 바라봤다. 그 옆에 있는 수유패드를 집어 상자 안에 던지듯 집어넣었다.

'남들 다하는 모유 수유도 못하는 난 뭐지? 모유를 많이 먹지 못해 우리 아기가 아프면 어쩌지?' 답답한 마음에 남편에게 문자를 보냈다. 곧바로 전화가 왔다.

"아픈데 뭐 그리 고생하며 모유 먹이려 하냐. 애 배고파 울면 간호사가 분유 타서 먹이겠지. 나도 분유 먹고 컸어."

남편 말에 눈물이 났다. 그의 말이 맞았다. 배고프면 분유로 채워주면 된다. 모유든 분유든 아이가 배부르게 먹으면 그걸로 충분하다. 완모(완전 모유 수유)의 스트레스가 한결 가벼워졌다.

모유 수유의 이점은 많다. 단백질, 지방, 탄수화물, 비타민, 무기질 등 영양소가 풍부하고 아기와의 애착 형성에 좋다. 산후 회복이 빠른 점도 크다.

분유 수유 또한 장점이 뚜렷하다. 수유량을 쉽게 확인할 수 있고 배부르게 먹일 수 있다. 엄마가 아니어도 수유가 가능하다. 요즘 분유는 모유와 비슷한 영양 성분을 갖추고 있다. 결국 상황에 맞게 수유하는 게 가장 좋은 선택이다.

나는 모유와 분유를 혼합해서 수유하기로 마음먹었다. 가슴 마사지로 젖양을 늘리고 유축한 만큼 모유를 먹였다. 모자란 부분은 분유로 채우고 아이를 더 많이 안아주기로 했다.

둘째를 출산하고 다시 조리원에 들어간 첫날. 모유 수유 강의를 들었다. 강의 내용은 그대로였지만, 받아들이는 마음은 달라져 있었다. 첫째 때 완전 모유 수유를 하지 못하는 나를 부족한 엄마라 여겼다. 젖양이 부족하다는 사실이 괜히 아이에게 미안했다. 아이를 키우며 알게 되었다. 내 노력이 부족해서가 아니라 내 몸과 상황이 따라 주지 않았을 뿐이다. 그 사실을 인정하니 마음이 가벼워졌다.

조리원에 있는 동안 수유보다는 회복에 집중했다. 수유콜이 오면 설레는 마음으로 수유실로 향했다. 아기에게 젖을 물린 뒤 부족한 양은 분유로 채웠다. 흔들리는 눈빛으로 아기를 바라보면 그 마음이 아이에게도 스며들 것만 같았다. 모유든 분유든, 중요한 건 아이를 잘 키우고자 하는 마음이다. 그럴 때마다 다짐한다. 부족한 부분에 마음 쓰는 대신 더 많은 사랑을 주자고. 엄마가 행복해야 아이도 행복하다는 말. 잊지 않기로 한다.

3.

아빠, 언제 와?

원목 블록을 쌓던 현이가 오늘이 무슨 요일이냐고 했다. 목요일이라 답하니 현이의 눈이 동그랗게 커졌다. 아빠가 오늘 오는지 내게 다시 물었다. 하룻밤 더 자고 금요일에 온다고 답했다. 현이가 입술을 내밀었다. 왜 오늘 안 오냐며 투덜거리더니 앉은키만큼 쌓아 올린 블록 탑을 밀어 쓰러뜨렸다. 와르르 나무 조각이 바닥에 흩어졌다. 함께 탑을 만들던 윤이가 얼굴을 붉혔다. 현이를 향해 사과하라고 소리쳤고 현이는 울음을 터뜨렸다. 블록놀이한 지 10분도 되지 않았다. 서로를 향해 소리치다 끝내 울음으로 번졌다.

싱크대에서 애벌 설거지 중이던 나는 일부러 달그락달그락 그릇 소리를 크게 내며 못 들은 척했다. 같은 대화가 계속 오갔다. 윤이는 사과하라고 말했고 현이는 싫다고 했다. 형이 만든 탑 똑같이 다시 만들라는 말에 난할 줄 모른다며 현이는 버텼다. 왜 무너뜨렸냐고 묻자, 아빠가 오늘 안 와 화났다고 했다. 아빠는 금요일에 오는 거 모르냐는 말에 현이가 모른다고 소리쳤다. 아이들의 말싸움이 계속 이어졌다. 아이들을 향해 고개를 돌렸다. 둘은 잠시 멈칫하고 내 표정을 살폈다. 둘이 알아서 해결하라는 무언의 신호를 보내고 다시 돌아섰다. 눈치 빠른 윤이가 먼저 화해를 시도했다. 사이좋게 놀자는 말에 현이가 고개를 끄덕이며 미안하다고 사과했다.

그때 카톡 소리가 울렸다. 방금까지 티격태격하던 아이들이 동시에 아빠를 외쳤다. 밤 8시 반. 남편이 일을 마치고 집에 들어올 때쯤이다. 엉덩이에 스프링이 달린 듯 윤이가 펄떡 일어났다. 현이도 뒤따랐다. 식탁 위 휴대전화를 집어 내게 건넸다. '왔다.'라는 남편의 메시지가 알림창에 떴다. 영상통화를 걸었다. 띠링띠링 띠~링~ 통화 신호음에 두 아이는 고개를 까닥까닥 리듬을 맞췄다. 화면에 얼굴이 뜨자 아이들은 환하게 웃으며 아빠를 반겼다. 잘 지냈는지, 저녁 잘 먹었는지, 뭐 하고 있었는지, 엄마 말 잘 들었는지 남편이 묻고 아이들이 답했다. 이번에는 아이들이 질문하고 남편이 대답한다.

"아빠 언제 와? 차 끌고 와?"

"차는 무거워서 끌 수 없어."

"그럼 기차 타고 와? 파란색 타고 올 거야?"

"자주색 기차 타고 갈 거야."

"아빠 빨리 와."

주말에 아빠와 하고 싶은 일들을 줄줄 읊었다. 킥보드를 타고 싶다고 했다. 새로 산 솜 공을 흔들며 야구 놀이를 하자고 했다. 비닐도 뜯지 않은 보드게임 상자를 들고 같이 하자고도 했다. 통화는 늘 같다. '아빠 언제 와?'로 시작해 '아빠 빨리 와.'로 끝난다.

부자(父子) 시간이 끝나면 내 차례다. 어제부터 아이들이 콧물을 훌쩍여 병원에 다녀왔어. 감기 초기라 항생제 없이 약만 처방받았어. 돌아오는 길에 마트에 들러 장을 봤어. 소고기를 구워 저녁 먹었고 방금까지 블록 놀이 중이었어. 아이들 이야기를 전했다.

우리의 통화는 짧다. 보통 3분. 길어야 5분. 대부분은 아이들 이야기다. 통화를 끝내기 전, 서로의 안부를 간단히 묻는다. 직장 이야기는 길게 나누지 않는다. "항상 그렇지 뭐. 어제와 같지. 바빴지." 같은 말만 오고 간다. 관심이 없어서가 아니다. 길게 통화하기 힘들어서다. 남편과 이야기가 조금 길어진다 싶으면 아이들이 달라붙는다. 아이들이 놀거나 티격태격하는 소리가 커져 통화에 집중하기도 어렵다. 서둘러 금요일 기차 시간을 확인하고 조심히 오라는 말을 남기며 전화를 끊었다.

9시가 넘었다. 잠자리에 들 시간이다. 가방에 준비물을 챙겨 중문 앞에 놓았다. 아이들은 세월아 네월아 하며 10분 넘게 양치질했다. 소파에 앉았다가 물을 마시러 주방으로 간다. 보드게임을 들고 거실을 어슬렁거리며 내 눈치를 살핀다. 자고 싶지 않다는 마음을 온몸으로 표현한다. 어르고 달래 침대에 눕혔다. 이불을 덮어주고 잘 자라며 입맞춤했다. 그때 둘째가 뭔가 생각났다는 듯 내게 말했다.

"엄마, 재성이도 규빈이도 재아도 모두 아빠가 있대."

현이도 아빠가 있지 않냐고 말했다. 그러자 현이는 답답하다는 듯 손짓까지 곁들이며 말했다.

"아니, 그게 아니고. 아빠가 매일 집에 있대. 기차 타고 회사에 안 간대.

진짜 신기하지 않아?”

네 식구 모두 다 함께 지낸 기간은 1년 남짓이다. 코로나가 한창이던 시절, 둘째를 낳고 처음으로 온 가족이 같이 살았다. 어렸던 탓에 아빠와 지냈던 그 시간을 아이들은 거의 기억하지 못한다. 아이들에게 아빠는 ‘주말에 오는 사람’이다. 금요일 밤 기차를 타고 대구로 내려와 일요일 오후에 다시 서울로 올라가는 모습이 익숙하다.

아빠를 보고 싶고 아빠와 함께 놀고 싶은 마음이 얼마나 클까. 비록 주말에만 보지만 그 짧은 시간을 더 진하고 알차게 보내면 된다고 생각한다. 남편에게도 부탁한다. 아이들이 기다린 만큼 신나게 잘 놀아달라고. 아이들과 함께하는 이 시간은 다시 돌아오지 않는다는 걸 알기에 우리는 주말을 진하게 보내려 노력한다.

아이들을 재우고 방에서 나왔다. 거실에 흩어져있는 자동차 장난감, 보드게임, 색종이, 블록들을 정리했다. 아까 통화 중 아이들이 말했던 것들이 생각났다.

‘아빠와 야구하기. 보드게임하기, 킥보드 타기, 아이스크림 먹기’.

포스트잇을 꺼내 주말 놀이 리스트를 작성했다. ‘어린이날 아빠 보러 서울 가기’를 적은 종이 옆에 붙였다. 아이들 방에서 킬킬 소리가 났다. 조심스레 문을 열고 들여다봤더니 두 녀석 다 잠결에 웃고 있다. 아빠와 노는 꿈을 꾸나 보다.

지친 마음에 놓는 한 줄

안부 한마디, 오늘의 작은 소식 하나.
서로의 하루를 나누면 멀리 있어도 마음은 이어진다.

4.

짧은 만남, 익숙한 헤어짐

솜 야구공을 던지던 남편이 오늘 기차 시간이 몇 시인지 물었다. 그때 윤이가 로보카 폴리 야구 방망이를 휘두르며 말했다.

"맨날 가는 시간이지. 아빠, 빨리 공 던져! 놀 시간 없어. 빨리빨리."

이번에는 홈런을 칠 거라며 자세를 고쳐 잡았다. 현이도 옆에서 따라 한다.

일요일 아침부터 아이들은 서로 아빠와 놀겠다며 쟁탈전을 벌인다. 점심을 먹고 2시간 뒤면 헤어진다는 걸 아이들도 안다. 남편은 20분씩 번갈아가며 아이들과 논다. 첫째와 야구하고 둘째를 안아 비행기를 태워준다. 다시 첫째와 풍선 배드민턴을 치고, 둘째와 공놀이한다.

"아빠 잠깐 좀 쉬자."라는 말이 나오자, 아이들은 가지고 놀던 장난감을 던지고 잽싸게 남편에게로 달려든다. 소파에 앉지 못하도록 아이들이 온몸으로 남편을 막아보지만 소용없다. 남편은 소파에 털썩 앉았다. 둘은 곁으로 다가와 더 놀자고 조른다. 조금 있으면 가니까 빨리 일어나라는 아이들 성화에 못 이겨 남편은 다시 일어난다. 시계를 보며 시간을 계산한다. 공

열 번만 더 던지고 아빠는 갈 준비를 하겠다는 말에 아이들이 만세를 불렀다. 첫째는 방망이를 들고 공을 칠 자세를 취하고, 둘째는 공 잡을 준비를 한다.

예전에는 밤 기차를 타고 서울로 떠났었다. 저녁을 함께 먹고 집에 머물 수 있을 만큼 있다가 올라갔다. 밤 9시쯤 서울에 도착하는 기차를 주로 탔다.

어느 일요일. 밤 11시가 지나도 남편에게서 도착 연락이 없었다. 1시간 전, 기차가 연착되어 조금 늦을 거란 메시지를 받긴 했다. 그래도 30분 이상 늦는 일이 거의 없었다. 남편에게 지금 어디인지 메시지를 보냈다. 김천 구미역을 지나 얼마 지나지 않아 열차가 멈췄고 지금 복구 작업이 진행 중이라 했다. 걱정하지 말고 먼저 자라는 말도 덧붙였다. 서울까지 가는 길의 반도 못 간 채 3시간째 멈춰 있다는 사실에 정신이 아득해졌다.

뉴스 기사를 검색했다. '수서행 SRT 연착 – 복구 중'이라는 짧은 속보뿐이었다. TV 화면 아래에도 '속보 – 수서행 열차 복구 중'이라는 자막만 깔렸다. 후속 기사를 기다렸지만, 사고 원인과 현재 상황에 대한 구체적인 보도는 없었다.

새벽 2시 반쯤. 집에 도착했다는 남편의 메시지가 왔다. 그 연락을 받고서야 나도 잠들 수 있었다.

아침 뉴스를 통해 자세한 사고 원인을 알 수 있었다. SRT 상행선 열차가 괴물체와 충돌해 멈췄다고 했다. 나중에 그 괴물체가 멧돼지였다는 사실이 확인됐다. 충돌 순간, 멧돼지 사체가 열차 앞 부품에 끼어 운행이 중단됐다고 했다. 큰 충돌음과 흔들림이 있었다는 증언도 나왔다. 안내 방송이 없어 열차 안은 혼란스러웠고 불안에 떨었다는 승객들의 인터뷰가 이어졌다.

남편에게 전화를 걸었다. 기차에 갇혀 있었는데 무섭지 않았는지, 충돌로 인해 다친 곳은 없는지 물었다. 남편은 아무 일 아니라는 듯 "늦게 자서 그런지 피곤하네."라고 말했다. 오히려 나를 걱정했다. 기다리느라 제대로 자지 못했을까 봐.

주말에만 만날 수 있는 남편이다. 매일 아빠가 보고 싶다고 말하는 아이들을 위해서라도 남편이 집에 더 있다 가길 바랐다. 일요일 저녁을 먹고 나면 밖은 이미 어두컴컴하다. 늦은 시간에 떠나는 남편이 걱정되기도 했지만 오래 함께 있고 싶은 마음이 더 컸다.

그러다 열차 로드킬(Roadkill) 사고 소식에 마음이 철렁했다. 더 이른 기차로 갔다면 연착도 없었을 거다. 남편도 고생하지 않았을 테다. 밤늦게 서울에 도착하면 쉬지도 못하는데, 그런 남편을 배려하지 못했다. 2시간 더 함께 있으려다 밤늦게까지 속 태웠다. 기다리느라 지치고 걱정되어 잠도 제대로 못 잤다.

이 일을 계기로 안전이 우선이라는 생각이 들었다. 예상치 못한 상황에 대비하려면 시간적 여유가 필요하다. 연착 사고 이후, 서울행 기차 시간을 오후 시간대로 바꿨다. 이제는 연착이 되더라도 예전만큼 불안하지 않다. 밤보다 낮에 기차 복구 작업이 더 빠르게 끝나기 때문이다.

일요일 아침, 아이들은 눈을 뜨자마자 자꾸 묻는다. "아빠 오늘 가? 아빠 언제가? 아빠 벌써가?" 헤어지기 아쉬운 마음이 질문에서 묻어난다. 그 마음을 조금이라도 달래고자 시작한 게 '문자 놀이'다. 아빠와 작별 인사를 한 뒤 아이들은 소파에 나란히 앉아 내 휴대전화를 들고 기다린다. 기차에 탔다는 문자가 오면 그때부터 놀이가 시작된다. 아이들은 번갈아 문자를 보낸다. 윤이는 한글을 읽고 쓸 수 있어 문장으로 묻고 대답한다. 지금 어디쯤인지, 오늘 저녁에 무엇을 먹을 건지 물어본다. 아직 어린 현이는 하트나 웃는 얼굴 같은 이모티콘을 찾아 톡톡 눌러 마음을 표현한다. 남편은 아이들 메시지에 맞춰 답한다. 멀어지는 거리만큼 마음은 다시 가까워진다.

가족은 함께 있는 시간에 비례한다고 생각했다. 주말부부의 아쉬움 때문에 '가족 시간'에 더 집중했는지도 모른다. 거리와 시간이 전부는 아니었다. 서로를 생각하는 마음이 오갈 때 비로소 함께였다.

손을 흔들며 아빠와 인사를 나눈 뒤 아이들은 자연스레 소파로 자리를 옮긴다. 곧 시작될 문자 놀이에 싱글벙글한다. 이젠 휴대전화도 능숙하게 다룬다. 문자도 쓰고 사진도 찍어 보낸다. 아빠와의 시간이 다시 이어진다.

'아빠! 우리는 오늘 저녁에 고기 구워 먹는다'

'우와 맛있겠다. 아빠도 먹고 싶다~ 우리 친구들. 아빠 몫까지 다 먹어야 해. 알았지?'

'♡ ♥'

5.

열나는 밤, 흔들리는 마음

휴대전화 알람을 모두 껐다. 가습기는 자동 습도 조절로 맞췄다. 아이들은 숨쉬기가 한결 편해졌나 보다. 두 팔을 위로 올리고 잔다. 1시간 넘게 기침 소리 하나 없다. 도중에 깨지도 않았다. 나비잠을 자는 모습을 보니 마음이 놓였다. 크게 하품이 났다. 눈이 감겼다. 아이들 옆에 누웠다. 오늘은 어제보다 마음 편히 잘 수 있을 것 같았다.

늘 그렇듯 저녁을 먹고 야구 경기를 봤다. 평소라면 가만히 앉아 TV를 보지 않았을 테다. 응원곡에 맞춰 노래를 부르고 소파에 앉았다 일어나기를 반복하며 응원할 텐데, 그날은 달랐다. 윤이는 소파에 기대앉아 조용히 경기를 봤다. 축 처진 모습이 걱정되어 곁에 앉았다. 손을 잡으니 뜨거웠다. 이마에 손을 얹으니 후끈했다. 약 보관 서랍에서 부루펜시럽을 꺼내 먹였다. 수시로 체온을 쟀지만, 열은 쉽게 내려가지 않았다. TV를 끄고 대충 정리한 뒤 침대에 눕혔다. 현이도 뒤따라 침대에 누워 잠을 청했다.

가제 손수건을 미온수에 적셔 윤이의 이마, 목, 귀 뒤, 겨드랑이와 무릎

뒤를 순서대로 닦았다. 아이들이 깰까 봐 발뒤꿈치를 들고 부엌과 방을 오가며 따뜻한 물을 교체했다. 미온수 마사지는 1시간 넘게 이어졌다. 현이는 곤히 잠들었고 윤이의 이마에는 땀이 송골송골 맺히기 시작했다. 체온을 다시 쟀다. 여전히 체온계 화면은 빨간색이다. 다른 계열의 해열제를 꺼냈다. 윤이는 끙끙 앓으며 깊이 잠들지 못했다. 등을 받쳐 안고 해열제를 먹인 뒤 다시 눕혔다. 미지근한 물에 손수건을 적셔 얼굴과 몸을 닦았다. 체온을 재고 미온수 마사지를 반복했다. 커튼 사이로 햇살이 비출 때까지 계속했다.

출근 준비하고 있을 남편에게 전화했다. 윤이가 열이 난다고 말했다. 서울에 있는 남편이 도와줄 수 없다는 걸 안다. 그저 답답한 마음을 털어놓고 싶었다. 윤이를 병원에 데려가야 하는데 출근이 발목을 잡았다. 그날은 학교 현장 체험학습이 있는 날이었다. 평소처럼 수업이 진행되는 날이라면 돌봄 휴가를 쓸 수도 있었지만, 외부 체험활동이 있는 날에는 이야기가 달랐다. 담임의 역할이 큰 날이기 때문이다. 해결책이 떠오르지 않아 머리가 지끈거렸다. 새벽 6시였지만 부모님께 연락드렸다. 대학병원 진료를 취소하고 윤이를 봐주시겠다고 하셨다. 몇 달 전 예약한 진료를 취소한다는 말씀에 죄송스러웠다. 하지만 고열로 힘들어하는 윤이가 눈에 밟혀 부탁드릴 수밖에 없었다.

부모님이 오셨다. 윤이의 상태를 알렸다. 해열제는 새벽 5시에 마지막으로 먹였고 열은 최고 39도까지 올랐다고 말씀드렸다. 포스트잇에 아이 상태를 간단히 적어드렸다. 아빠는 아동 병원에 가서 번호표를 뽑고 접수를 하기로 했다. 엄마는 집에서 아이들과 대기하다가 시간에 맞춰 병원에 가기로 했다.

출근길에 올랐다. 마음이 무거웠다. 체험활동 이동 중에 부모님과 연락을 주고받았다. 현이도 함께 진료를 받았으면 좋겠다고 말씀드렸다. 접수 후 2시간이 지나서야 진료를 받을 수 있었다. 독감이었다. 윤이는 수액을 맞는 중이었고 현이는 감기라 진료받고 아빠와 집에 갔다고 했다. 수액을 다 맞으려면 2시간은 더 병원에 있어야 했다. 죄송하고 감사하다는 말씀을 드렸다. 부모님은 늘 그렇듯 "괜찮다. 치료받으면 금세 좋아질 테니 걱정하지 마라." 하시며 오히려 나를 다독이셨다.

남편에게 연락했다. "다행이다. 감사하다."라는 말을 서로 주고받았다. 체험학습을 마치자마자 서둘러 집으로 왔다. 집안은 조용했다. 아이들은 약을 먹고 잠들어 있었다. 독감 전염성이 걱정되어 엄마는 두 아이를 따로 재우셨다. 현이는 검사 결과 독감 음성이었지만 혹시 모르니 잘 지켜보라고 하셨다.

부모님 얼굴이 수척해 보였다. 얼른 가서 쉬시라고 말씀드렸다. 감사 인사도 전했다. 배웅 후 소파에 털썩 앉았다. 힘이 풀려 몸이 축 늘어졌다.

거실이 깨끗했다. 장난감과 공이 보이지 않았다. 미니 자동차와 로봇들은 장난감 정리함에 있고 레고와 책들이 한쪽에 가지런히 놓여있었다. 식탁에는 저녁이 차려져 있었다. 새벽부터 아이 병원 진료와 간호에 아이들 밥까지 챙기느라 힘드셨을 텐데 청소에 반찬까지 만들어놓으셨다. 식탁 위에 내가 좋아하는 가지볶음이 있었다. 한 조각 집어 입에 넣었다. 간장 때문인지 눈물 때문인지 짭조름했다.

이번 윤이의 독감은 강했다. 코맹맹이 소리로 시작해 가래 기침으로 이어지더니 고열에 오한까지 겹쳤다. 열은 이틀 동안 계속되었다. 다행히 병원에 다녀온 뒤로 38도를 넘기지 않았다. 현이는 콧물과 기침이 있었지만 열은 없었다. 처방받은 약을 시간 맞춰 먹였다. 독감 잠복기가 4일 정도라 해서 격리해야 했지만, 아이들이 아직 어려 각자의 방에서 혼자 지내기 어려웠다. 대신 마스크를 쓰고 생활했다. 창문을 자주 열어 환기했다. 보리차를 끓이고 물을 틈틈이 마시게 했다. 체온을 재고 시간 맞춰 약을 먹였다. 아이들이 잠든 뒤에도 긴장을 놓지 않았다. 뒤척일 때마다 아이를 살폈다. 이마에 손을 올려 열이 오르지 않는지 식은땀은 나지 않는지 확인했다.

다행히 아이들 상태는 점점 좋아졌다. 밥도 잘 먹고 얼굴빛도 돌아왔다. 조용하던 집이 다시 활기를 되찾았다. 축 처져 침대에 누워 있는 모습보다 장난감을 가지고 놀며 집을 어지르는 모습이 훨씬 낫다는 생각이 들었다. 온갖 장난감으로 가득한 거실이 오히려 내 마음을 놓이게 했다.

아이가 아파도 바로 달려가지 못할 때가 많다. 일을 마치고 허겁지겁 병원으로 가면 이미 접수는 마감됐거나 진료가 끝난 경우가 많다. 조금이라도 퇴근이 늦어지면 진료 시간을 놓치게 된다. 아이가 아플 때마다 마음이 조급해진다. 연차를 내는 것도 쉽지 않다. 결국 야간 진료 병원을 찾아 이곳저곳 헤매기도 한다. 그럴 때마다 밤잠을 설치는 날이 허다하다.

일도 하고 아이들도 챙긴다. 누구나 하는 일인데 무슨 투정이냐고 정색하는 사람도 없지는 않겠지만, 그래도 마음 힘들고 몸 피곤한 건 어쩔 수가 없나 보다. 버티고 견디는 힘은 오직 하나, '엄마이기 때문에'다. 삶에서 일어나는 모든 일에 책임을 져야 한다지만, 나는 엄마로서의 책임을 우선으로 한다.

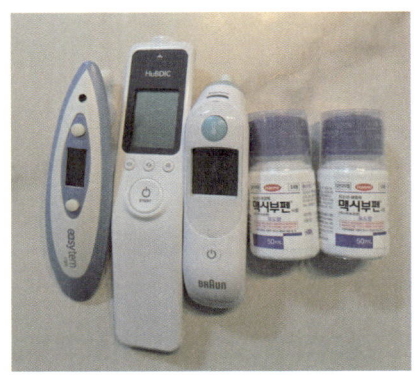
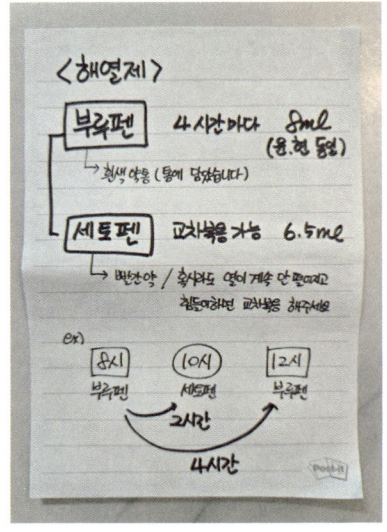

6.

주말을 지키기 위한 예매 전쟁기

　매주 금요일 오후 5시. 남편에게 문자를 보낸다. 예매한 기차 시간에 맞춰 탈 수 있는지 묻는다. 탑승 가능하다는 답장은 늘 반갑다. SRT 승차권을 전송하고 마음 편히 퇴근한다.

　남편 퇴근이 늦어질 때가 있다. 회의가 길어지거나 일을 제때 못 마친 날. 그럴 땐 예매한 기차표를 취소하고 다시 잡아야 한다. 내 퇴근도 늦어진다. 금요일 오후 하행 기차표 구하기는 전쟁 같다.

　SRT 앱에 들어가 승차권 예약을 누르면 화면이 멈춘 채다. 다음 화면으로 넘어가지 않는다. 이용자가 많아 접속 대기 중이란 알림창이 뜬다. 대기하는 동안 호흡을 가다듬고 손가락 스트레칭도 한다. 예약 페이지로 넘어가면 재빨리 출발역과 도착역을 설정하고 열차 조회를 누른다. 화면에는 '매진' 회색 사각 탭만 가득하다. 다시 조회를 누른다. '예약 가능'의 자주색 글씨가 뜰 때까지 무한 반복한다. '나와라. 나와라.' 주문을 외우며 새로고침을 한다. 간혹 예약 가능 탭이 뜬다. 재빨리 터치를 해보지만, 이내 사라진다. 다른 누군가가 표를 낚아챘나 보다. 손가락이 굵은 탓인지 작은 예약

사각 탭 때문인지. 실패를 거듭한다. 휴대전화보다 화면이 더 큰 컴퓨터로 하는 편이 낫겠다는 생각이 들었다. 노트북을 켜고 SRT 홈페이지에 접속한다. 광클(빛의 속도로 빠르게 클릭)에 집중한다. 표를 구하는 동안 남편은 수서역으로 향한다.

'미안해. 표 구하느라 힘들지? 고마워. 표가 없으면 입석으로라도 갈 테니 걱정하지 마.'

남편의 문자를 받으면 전투력이 상승한다. 더 집중해서 표를 노려본다. 누군가가 취소한 표를 잡기 위해서는 무한 클릭이다. 여러 번 시도 끝에 성공. 그 순간 느끼는 예매 성공 희열이 짜릿하다. 남편은 나의 빠른 손놀림에 감탄한다.

매년 두 번, 설과 추석 명절 승차권 예매는 최고난도다. 우스갯소리로 '전 국민 수강 신청'이라 불릴 정도다. 명절 승차권 예매 기간이 정해져 있다. 명절 승차권 예매 전용 홈페이지도 따로 있다. 지정 날짜 당일 오전 7시에 예약이 시작된다. 은행 창구에서 번호표 뽑듯이 승차권 예매 대기 번호를 받는다. 예약 조회 버튼을 누른 순서에 따라 자동 접속되거나 대기 번호가 뜬다. 예매 요청 횟수는 최대 6회이고 시간은 3분이다. 열차 시간표를 살펴보며 좌석을 선택할 여유는 없다. 망설이면 표는 매진되고 만다. 짧은 시간 안에 기차표를 구하는 것이 관건이다.

명절 승차권을 매년 예매하다 보니 나만의 비결이 생겼다. 공지가 뜨면 예매 날짜를 확인하고 열차 시간과 열차 번호를 메모지에 적는다. 열차 번호를 미리 알면 예약 시간을 줄일 수 있다. 원하는 시간대의 열차 번호와 바로 앞뒤 시간대의 열차 번호까지 적어두는 것도 좋다. 원하는 시간의 표가 매진됐더라도 다른 시간대의 기차표로 빠르게 대체할 수 있기 때문이다.

12년째 명절 승차권을 예매하지만, 할 때마다 심장이 벌렁거린다. 꼭 성공해야 한다는 긴장감이 크다. 매년 예매 시기는 조금씩 다르지만 보통 설 승차권은 겨울방학, 추석 승차권은 여름방학이 끝날 무렵이다. 예매 당일, 남편은 스마트폰으로 나는 컴퓨터로 시도한다. 방학 기간이라 출근 부담이 적은 내가 주로 성공할 확률이 높지만, 그것도 장담할 수 없다.

7시 정각. 승차권 예약 버튼을 누른다. 앞쪽호 대기 순위인지 아닌지가 승패를 좌우한다. 클릭 속도가 느리거나 조금만 삐끗해도 대기 번호는 세 자리에서 네다섯 자리로 늘어난다. 정확하고 빠른 클릭만이 성공으로 가는 길이다. 지금까지 스물네 번의 명절 승차권 도전 중 단 한 번 실패했다. 약 96%의 성공률. 주말 부부로 살며 기차 예매 능력치는 점점 향상되고 있다.

요즘 SRT 이용객이 부쩍 늘어난 듯하다. 발매 개시일에 맞춰 예매하지 않으면 원하는 시간대의 표가 금세 매진된다. 예약을 깜빡 잊거나 일이 바빠 오후에 예매를 시도하면 좌석 선택은커녕 표 자체를 구하기 어렵다. 그럴 땐 시간대별로 예약 대기를 걸어둔다. 취소 표가 나오길 바라며 수시로 앱을 확인하기도 한다. 틈날 때마다 새로고침을 누른다. 계속 시도하다 보면 운 좋게 취소 표를 잡기도 한다. 기차 시간이 임박했을 때 취소 표가 나오거나 예약 대기 좌석이 배정되어 발권할 때도 있다.

표를 구하지 못하면 입석으로 오는 방법도 있다. 2시간 서서 와도 괜찮으니 걱정하지 말라고 남편은 말한다. 그 말을 들으면 무슨 일이 있어도 표를 구하고 말겠다는 의욕이 치민다. 피곤한 주말에도 가족을 만나러 내려오는 남편의 마음이 느껴진다. 그래서 나는 예매일을 웬만해선 잊지 않는다. 어떤 일이 있어도 함께할 주말을 놓치고 싶지 않다.

발매 개시일에 맞춰 기차표를 예매한다. 표 구하기 어렵고 힘들지만, 어찌 됐든 남편은 주말마다 집으로 오는 데 성공(?)하고 있다. 입석 승차권까지 구하지 못한다면, 남편은 서울에서 혼자 주말을 보내고 나와 아이들은 대구에서 우리끼리의 시간을 보내야 한다. 예전엔 그런 상상만으로도 마음이 조급해졌다. 표를 못 구할까 봐 걱정했다. 그러나 마음을 졸이고 애를 태운다 한들 달라지거나 해결될 수 있는 문제가 아니라는 걸 이제 안다. 예매에 실패해도 심호흡부터 한다. 조금은 여유로워진 마음, 빛의 속도로 향상된 '취소 표 확보 능력'으로 계속 시도해 표를 잡는다.

생각해 보면 때로 우리는 별것 아닌 문제로 노심초사하는 경향이 있는 듯하다. 주어진 삶을 있는 그대로 받아들이고 마음을 편안히 가지면 살아가는 또 다른 맛이 있다. 어쨌든 이번 주에도 남편은 온다.

〈 이전날	**12월 07일 (일)**	다음날 〉		

열차전체 ∨	일반석 ∨	기본좌석 ∨	직통 ∨	⟳

SRT 342	동대구 15:17 ▸ 수서 17:01	매진	매진
SRT 344	동대구 15:28 ▸ 수서 17:19	매진	매진
SRT 346	동대구 16:16 ▸ 수서 17:53	매진	매진
SRT 348	동대구 16:22 ▸ 수서 18:11	매진	매진
SRT 350	동대구 16:36 ▸ 수서 18:19	매진	매진
SRT 352	동대구 16:52 ▸ 수서 18:48	매진	매진
SRT 354	동대구 17:36 ▸ 수서 19:26	매진	매진
SRT 356	동대구 18:17 ▸ 수서 19:58	매진	매진
SRT 358	동대구 18:31 ▸ 수서 20:26	매진	매진
SRT 384	동대구 18:31 ▸ 수서 20:26	매진	매진

〈 이전날	**12월 12일 (금)**	다음날 〉		

열차전체 ∨	일반석 ∨	기본좌석 ∨	직통 ∨	⟳

SRT 363	수서 19:00 ▸ 동대구 20:47	매진	매진
SRT 365	수서 19:15 ▸ 동대구 20:57	매진	매진
SRT 367	수서 19:24 ▸ 동대구 21:11	매진	매진
SRT 383	수서 19:24 ▸ 동대구 21:11	매진	매진
SRT 369	수서 20:00 ▸ 동대구 21:36	매진	매진
SRT 371	수서 20:28 ▸ 동대구 22:26	매진	매진
SRT 373	수서 21:00 ▸ 동대구 22:42	매진	매진
SRT 375	수서 21:28 ▸ 동대구 23:09	매진	매진
SRT 377	수서 22:00 ▸ 동대구 23:42	매진	매진
SRT 379	수서 22:40 ▸ 동대구 00:26	매진	매진

7.

말하지 않아도 버티고 있던 당신

오늘도 퇴근이 늦다. 중요한 보고서를 마무리해야 한다고 했다. 이번 주는 매일 야근이다. 내가 해줄 수 있는 건 "힘내. 고생 많아."라는 짧은 위로의 말뿐이다.

남편은 새벽 6시에 출근해 밤늦게야 집에 들어온다. 출퇴근 시간을 줄여보려고 직장 가까이에 집을 구했다. 잠이라도 더 잘 수 있지 않을까 싶었다. 하지만 이동시간이 줄어든 만큼 근무시간은 늘어난 듯하다. 늦게까지 일하는 날이 많아졌다.

예전 해외 부서에 있을 때는 지금보다 더 일찍 출근하고 더 늦게 퇴근했다. 나라별 시차 때문에 회의는 새벽부터 밤까지 이어졌다. 회의가 끝나면 자료를 분석하고 보고서를 작성했다. 밤샘 근무가 잦았다. 저녁을 챙겨 먹을 시간도 없었다. 편의점 도시락이나 빵으로 끼니를 때우고 그대로 잠들기 일쑤였다. 그 무렵부터 남편의 몸은 서서히 무너지고 있었다.

남편은 하루 종일 사무실에 앉아 일한다. 점심 먹으러 이동하는 시간을 제외하면 햇빛을 볼 일이 없다. 모니터 앞에 앉아 일하는 시간이 길어지면서 거북목이 생겼다. 어깨와 허리가 구부러지고 자세도 흐트러졌다. 자세 교정용 등받이를 써봤지만, 큰 효과는 없었다.

잔기침이 늘었다. 누웠다 일어나면 머리가 핑 돈다고 했다. 어지러워 벽을 짚고 기대는 일이 많아졌다. 허리가 조여 답답하다며 입던 바지 모두 한 치수씩 늘리기까지 했다. 최근에는 허리띠를 하지 않는다. 가슴이 눌리는 듯 답답하다고 했다. 헛구역질이 잦아졌다. 증상은 날로 심해졌다.

주말에 늦잠과 낮잠을 자도 피로는 쉽게 풀리지 않는 듯했다. 수면 장애와 스트레스로 피부는 푸석해지고 다크서클은 더 짙어졌다. 볼살이 빠지고 낯빛이 어두웠다. 금요일 밤, 집에 들어온 남편을 보자 나도 모르게 두 손으로 그의 얼굴을 감쌌다. 작은 위로라도 전하고 싶었다.

주말 아침. 아이들은 방문 앞에 서성인다. 문틈으로 고개를 내밀어 아빠가 깼는지, 언제 일어나는지 살핀다. 일주일 만에 만난 아빠와 같이 놀고 싶은 마음이 얼마나 클까. 아이들의 그 마음을 알면서도 선뜻 문을 열어 남편을 깨우지 못한다. 주말만큼은 푹 자며 쉬어야 에너지를 채울 수 있지 않을까 싶어서다. 남편은 예전 같지 않다. 운동할 여유도 자신을 돌볼 힘도 없어 보였다. 일에 치여 점점 말라가는 남편이 안쓰럽다.

몇 달째 이어지는 남편의 잔기침이 신경 쓰였다. 뭘 먹기만 해도 헛구역질을 하고 소화불량에 시달렸다. 어지러워 벽에 기대어 진정될 때까지 멈춰 서 있는 모습을 자주 봤다. 병원에 가보자고 말했지만, 남편은 "쉬면 낫겠지. 걱정하지 마."라고 했다. 말은 그리하면서도 거울 앞에 서서 자기 모습을 살피고 매일 체중계에 올라가는 걸 보면 그 역시도 건강을 걱정하는 눈치였다.

결국 남편은 병원에 갔다. 신경외과, 내과, 이비인후과, 소화기내과를 돌며 진료를 받았다. 어지럼증은 이석증, 헛구역질은 위염 때문이었다. 문제는 잔기침이었다. 폐렴 진단을 받았다. 2주 뒤 다시 찍은 엑스레이에도 폐에 하얀 점이 남아 있었다. 의사는 상급 병원 진료를 권했다. 삼성병원에서 확인 결과 큰 이상은 없었다. 폐렴의 흔적일 뿐이라 했다. 덤덤하게 결과를 전하며 남편은 말했다.

"걱정했지? 나 괜찮아. 오히려 네가 일하고 아이들 보느라 고생이야. 늘 가족 챙겨줘서 고마워."

돌이켜보면 남편은 늘 괜찮다고 했다. 연애할 때도 결혼 후에도 힘들다는 말을 한 적이 없었다. 오히려 나를 더 걱정했다. "난 괜찮아. 걱정하지 마."라는 남편의 말을 그대로 믿었다. 피곤한 얼굴을 보면서도 그러려니 했다. 육아와 집안일에 직장 일까지 하는 내가 더 힘들다고 생각했다. 주말이면 남편에게 집안일을 부탁했다. 소파에 앉아 TV를 보는 남편에게 청소기를 건넸다. 분리수거며 설거지. 빨래도 해주길 바랐다. 주말만큼은 아무것도 하지 않고 쉬고 싶었다. 나도 늘어지게 늦잠 자고 싶고 매일 반복되는 집안일도 잠시 잊고 싶었다.

남편은 자기 자리를 지키며 묵묵히 버티고 있었다. 반복되는 야근과 쌓여가는 업무 속에서 하루하루를 견디고 있었다. 밤늦게 퇴근하고도 가족과의 통화를 놓치지 않았다. 영상통화를 할 때마다 자신이 얼마나 힘든지 말하기보다 나의 하루를 먼저 물었다. 늘 "잘 챙겨 먹고 잘 지내."라는 인사로 전화를 마쳤다. 남편은 날이 밝기도 전에 일어나 출근했다. 끼니를 거르기 일쑤였고 일에 파묻혀 지내는 날이 대부분이었다. 속쓰림과 어지러움, 잔기침이 이어졌지만 피곤해서 그렇겠거니 했다. 지친 몸으로 매주 기차를 타고 오가는 일이 얼마나 고단한지 미처 헤아리지 못했다. 남편이 내색하지 않으니 나도 대수롭지 않게 여겼다.

이제야 안다. 남편의 '괜찮아.'에 담긴 마음을. 가족을 위해 애쓰는 나를 향한 미안함과 고마움이 그 안에 담겨있음을.

저 멀리 아득한 곳에서 반짝이는 별처럼, 나는 나대로 남편은 남편대로 우리는 각자의 자리에서 역할을 다하며 살아간다. 떨어져 있지만 서로를 생각하는 마음은 별빛이 된다.

주말에 늦잠에다 낮잠까지 자는 남편이 섭섭하다가도, 또 일요일 오후에 서울로 가면 괜히 그랬다 싶어 후회도 되고. 우리 부부 이렇게 살아간다. 오늘처럼 남편의 수고가 마음속에 훅 들어올 때면, 그래도 내 사람이라 다행이란 생각이 든다. 새삼 손가락에 끼워져 있는 반지를 매만져 본다.

지친 마음에 놓는 한 줄

사랑은 서로를 바라보는 것이 아니라, 같은 방향을 함께 바라보는 것이다.

－『인간의 대지』, 생텍쥐페리－

8.

서로의 자리에서 하루를 버티며

1교시 수업 전, 휴대전화 알림 소리가 났다. 월급 입금 메시지였다. 텅 빈 통장이 채워졌다. 어깨가 절로 들썩였다. 발걸음 가볍게 교실로 들어갔다. 퇴근 후 휴대전화를 확인하니 문자가 여러 통 와 있었다. 카드 결제 예정 금액, 자동 출금, 보험료 이체 알림까지. 통장은 다시 제자리로 돌아갔다. 월급이 통장을 잠깐 스쳐 갔다.

이번 달 삼성 카드 결제액은 지난달보다 60만 원이 더 늘었다. 특별한 일이 없었는데 왜 이렇게 많이 나왔는지 궁금했다. 카드 명세서를 열었다. SRT, 아이 학원비, 식비 등 늘 보던 내용들이다. 지난달과 비슷한데 이상하다고 하던 차, 결제 세 건이 눈에 띄었다. 온라인 쇼핑몰에서 산 영양제 비용이었다. 양배추즙, 비타민과 프로바이오틱스. 거기에 약국에서 종류별로 샀던 파스 금액까지. 비용을 합치니 60만 원. 내가 쓴 돈이 맞았다.

역류성 식도염에 좋다는 말에 양배추즙을 챙겨 먹는다. 간편하게 쭉 짜 먹을 수 있는 스틱형으로 샀다. 최근에 열 배 진한 고농축 스틱 제품으로 변경됐다. 고농축이라서인지 전보다 양은 줄어들고 가격은 두 배가 되었다. 리뉴얼 기념 한정 특가 광고를 보고 여섯 상자를 샀다. 멀티 비타민과 프로바이오틱스도 떨어지기 전에 주문했다. '온 가족 영양제 하루 반짝 세일'에 혹해 세 상자 더 샀다는 사실을 잊고 있었다.

"이번 달 카드 값이 많이 나와 이상해서 확인했는데 전부 영양제를 샀더라고."

"우리 먹을 거 샀으니 좋네."

남편의 말에 피식 웃음이 났다. 카드 사용의 대부분은 육아 관련이다. 아이들 옷, 병원비, 학원비, 체험비 등 지출은 매달 비슷하다. 배달이나 외식을 제외하면 남편과 나를 위해 쓰는 돈은 거의 없다. 옷 하나 살 때에도 망설인다. 할인이나 이월상품을 고르거나 아예 다음으로 미룬다. 취미도 마찬가지다. 1:1 개인 지도는 꿈도 못 꾼다. 돈이 들지 않는 쪽을 고른다. 걷기 운동이나 독서를 한다. 아이들에게 들어가는 비용이 점점 늘어나니 다른 지출은 줄여야 한다.

이번 달 카드값이 커 걱정했다. 다행히 쓸데없는 데 쓴 건 아니었다. 건강을 위한 영양제 플렉스. 괜찮은 지출이다.

건강을 챙겨야 할 나이가 되었다. 30대까지는 연일 야근해도 버틸 수 있었다. 프로젝트든 일이든 마무리만 하면 됐다. 경력이 쌓이고 실력과 능력을 인정받으면 스트레스도 감당할 수 있다. '아, 피곤해. 힘들다.' 투덜거려도 박카스 한 병 또는 캔맥주 하나면 버틸 수 있었다. 주말에 푹 쉬면 되니까. 업무 시즌 정도는 견딜만했다.

육아는 다르다. 끝이 없다. 하나를 마무리해도 또 다른 일이 기다린다. 매일 초집중 시즌이다. 몸과 마음은 늘 과부하 상태다. 아이를 키우면서 체력이 훅훅 떨어진다는 걸 절실히 느낀다. 내 손을 잡고 아장아장 걷던 아이들이 이제는 날아다닌다. 속도를 따라잡기 힘들다. 스프링이 달린 듯하다. 이제는 모터를 단 것 같다. 냅다 달린다. 윤이가 달리면 현이도 형 따라 뛴다. 질주 본능을 장착한 아이들은 계단도 후다닥 오르내린다. "얘들아, 천천히. 조심히 다녀야지."라는 말이 자동으로 나온다.

유치원과 어린이집을 마치고 집으로 바로 들어간 적 없다. 놀이터에 들러 잡기 놀이를 하고 킥보드를 타고 놀이터 주위를 몇 바퀴 돌아야 한다. 집에 가자고 하면 "조금만 더."라는 대답이 이어진다. 배에서 꼬르륵 소리가 나거나 어둑어둑해져야 집으로 발걸음을 돌린다. 밖에서 그렇게 뛰어놀았는데도 아이들은 여전히 기운이 넘친다. 에너자이저다. 저녁을 준비하는 동안 아이들은 잠시 앉아 쉬거나 책을 보면 좋으련만. 윤이는 종이비행기를 만들어 날리자며 내 팔을 잡아당긴다. 현이는 야구 방망이를 들고 와 솜공을 던져 달라며 내 다리를 붙잡는다. 소파에 앉기 놀이를 제안했다. "에이, 그건 재미없어."라며 아이들은 콧방귀를 뀐다. 그러다 갑자기 배가 고프다고 한다. 밥은 언제 먹는지 묻는다.

놀아달라, 밥 달라 정신이 없다. 내 몸이 두 개였으면 싶다. 하나는 육아 담당, 다른 하나는 살림 담당. 그러면 훨씬 수월할 텐데. 지금은 뭐 하나 제대로 하는 거 없이 피곤하기만 하다. 짜증이 스멀스멀 올라온다. 나의 표정을 살피던 아이들이 와락 나를 끌어안더니 속삭인다. "엄마가 제일 좋아."

그 말 한마디에 배시시 웃고 만다.

서울에 있는 남편은 일에 파묻혀 지낸다. 며칠째 이어지는 시즌 업무로 야근과 당직이 반복된다. 피로와 스트레스는 복리로 쌓인다. 평일에는 일에 치이고 주말에 대구 와서는 아이들과 놀아주느라 바쁘다. "아빠 조금 쉴게."라는 말이 나올라치면 아이들은 남편 양팔에 매달린다.

"아빠 늦게 일어났잖아. 아빠랑 많이 못 놀았잖아. 아빠 보고 싶었단 말이야."

'보고 싶었다'라는 말 한마디에 남편은 다시 소파에서 일어난다. 목소리를 높여 '이번에는 직구'라는 말과 함께 솜 공을 던진다. 아이들은 까르르 웃으며 야구 방망이를 휘두른다. 이마에 땀이 송골송골 맺힐 때까지 놀아준다.

매일 새로운 도전이다. 아침에는 출근 준비와 아이들 등원 준비를 동시에 한다. 직장에서도 쉴 틈 없이 일한다. 퇴근해 돌아오면 기다리는 건 산더미 같은 집안일과 아이들 돌봄이다. 쉬운 일 하나 없다. 잘해도 본전이고 작은 빈틈은 금세 드러난다. 일, 가사, 육아. 세 가지 책임감이 양쪽 어깨를 짓누른다. 그 무게에 몸도 마음도 지쳐간다. 어느 날은 목이 뻐근하고 뒤통수가 당긴다. 다른 날은 허리와 무릎이 욱신거린다. 소화가 안 되고 가슴답답할 때도 있다. 이유 없이 눈물 흐르기도 한다.

남편도 분명 고단할 거다. 긴 하루를 마치고 돌아오면 불 꺼진 방이 그를 맞이하겠지. 조용한 방 안에 덩그러니 홀로 앉아 가족을 떠올리며 외로움을 느낄지도 모른다. 아플 때 챙겨주는 사람 없어 괜스레 서러운 마음이 들진 않을까 걱정도 된다. 잠들기 전 짧은 통화로 서로의 안부를 묻는다. 어디 아픈 데는 없는지, 밥은 잘 챙겨 먹었는지. 어떤 영양제가 좋다던데 한번 챙겨 먹어보자며 서로의 건강을 살핀다. 끝인사는 늘 같다. 주말에 푹 쉬자. 맛있는 것 먹고 에너지도 채우자고 약속한다.

더 아프지 않도록 주기적으로 병원 다니고, 영양제 챙겨 먹고 운동하며 건강을 지키려 노력한다. 아이들 키우는 일도, 집안일도 욕심내지 않는다. 완벽하지 않아도 된다. 내가 해낼 수 있는 만큼, 내가 할 수 있는 만큼만 한다. 무엇을 하든, 그 순간 최선을 다하고 즐기려는 태도. 그 마음가짐이 중요한 게 아닐까. 이렇든 저렇든 하루를 마무리한다. 오늘도 버텼다. 이만하면 잘하고 있다고 나를 다독인다.

지친 마음에 놓는 한 줄

Every day, in every way, I'm getting better and better.
(매일 모든 면에서 나는 점점 더 좋아지고 좋아진다.)

- 에밀 쿠에 -

워킹맘 노트 2

떨어져 있지만, 마음은 함께 자라는 시간

함께 있는 시간은 왜 그렇게 빨리 지나가는 걸까요. 주말을 기다리는 설렘으로 한 주를 보냅니다. 떨어져 있는 동안에도 서로를 떠올립니다. 몸은 멀리 있어도 마음은 이어져 있습니다. 거리보다 중요한 건 그 시간을 대하는 태도일지도 모릅니다. 이 부록은 그 연결된 감정을 살펴보는 자리입니다. 서로를 생각하고 응원하는 마음이 힘이 된다는 걸 잊지 않으려 합니다.

1. 떨어져 지내며 가장 크게 느낀 감정은 무엇인가요?

_____

_____

_____

_____

2. 그 감정 속에서 내가 배우고 있는 것은?
(예: 그리움, 사랑은 곁에 없을 때도 계속된다.)

_____

_____

_____

3. 오늘 아이가 느꼈을 감정 하나를 조심스레 상상해 본다면?

4. 가족이 함께일 때 소중하게 느껴지는 순간은 언제인가요?

5. '지금 이 거리' 속에서도 내가 지켜야 할 작은 루틴 하나
(예: 하루 한 번, 아이에게 안부를 묻는 짧은 음성 메시지 보내기,
아이와 함께하고 싶은 것들 메모하기, 괜찮아, 잘하고 있다고 되뇌기)

3장

엄마가 되고서야 엄마가 보였다

1.

강해야만 했던 엄마의 얼굴 앞에서

　지금은 '워킹맘'이란 단어가 익숙하다. 맞벌이 가정도 흔히 볼 수 있다. 그러나 30년 전만 해도 일하는 엄마는 드물었다. 남편은 일하고, 아내는 집에서 육아와 살림을 도맡아 하는 경우가 많았다. "여자가 결혼하면 집에서 애나 키워야지."라는 말을 아무렇지 않게 내뱉는 사람도 많았다. 주위 시선과 사회 분위기에 못 이겨 결혼과 동시에 직장을 그만두는 여성이 흔했다.

　엄마도 8년간 전업주부셨다. 우리 남매를 키우며 살림하셨다. 유치원에 다니던 때를 떠올려보면 엄마는 늘 핑크색 앞치마를 두르고 계셨다. 청소하고 요리하고 빨래하고 다림질하던 모습이 아직도 눈에 선하다.
　내 초등학교 입학식 날, 운동장과 단상을 본 엄마는 교사로 일하던 시절을 떠올리셨다. 그날, 다시 교사가 되겠다고 결심하셨다고 한다. 낮에는 집안일하고 밤에는 교육학 책을 펼치셨다. 시간을 쪼개 틈틈이 공부하셨고 재임용에 성공했다. 살림만 하던 엄마가 일하는 엄마가 되었다.

33년의 교직 생활을 마치고 엄마는 퇴임하셨다. 아침마다 서둘러 출근할 일도, 시간마다 처리해야 할 업무도 더는 없다고 웃으셨다. 이제 여행도 다니고 그동안 미뤄뒀던 취미 생활도 다시 시작하며 여유를 즐기며 마음 편히 쉬겠다면서.

그 무렵 나는 오랜 육아휴직을 끝내고 복직했다. 매일 전쟁 같았다. 아침부터 저녁까지 일과 육아에 치였다. 학교에 적응하느라 아이들 챙기느라 정신없이 하루를 보냈다.

그래서 더 몰랐다. 엄마의 몸 여기저기에서 이상 신호가 오고 있었다는 걸. 가끔 통화를 할 때면 엄마 목소리에 힘이 없었다. 편찮으시냐고 물으면 피곤해서 침대에 누워서 전화를 받았다고 하셨다. 가라앉은 목소리를 대수롭지 않게 넘겼다. 눈치채지 못했다. 단순히 피로 때문에 누워 계시는 게 아니라는 걸.

석 달 만에 뵌 엄마는 종이 인형 같았다. 몸무게가 6kg이 빠져 39kg이 되었다. 바람만 불어도 날아갈 듯했다. 홀쭉해진 뺨 위로 광대뼈가 도드라져 보였다. 팔과 다리는 더 가늘어져 옷이 헐렁헐렁 허공에서 춤췄다. 머리카락도 눈에 띄게 가늘어지고 머리숱도 줄었다. 놀란 마음 들키지 않으려 엄마를 보자마자 꼭 안았다. 엄마의 야윈 손이 내 어깨에 닿는 순간, 그 손길이 너무 가벼워 눈물이 핑 돌았다. 엄마의 손은 여전히 따뜻했지만 힘은 예전 같지 않았다. 곁에 서 있던 아빠가 말씀하셨다.

"네 엄마 죽다 살아났다."

결과가 괜찮게 나와 웃으며 말하는 거라며 그동안 엄마 걱정에 잠도 못

잤다고 하셨다. 엄마는 겁주지 말라며 아빠를 나무랐다. 조금 아팠을 뿐 이제는 괜찮다고 하셨다. 하지만 그 말이 내 가슴에 박혀 쓰라렸다.

엄마는 직장 다니시는 동안 정기적으로 건강검진을 받으셨다. 결과는 매년 괜찮았다. 저체중이라 영양 잡힌 식사와 근력 운동이 중요하다는 피드백 정도였다. 감기도 잘 안 걸리셨다. 피로해도 금세 회복하셨다. 엄마도 스스로가 건강하다고 믿으셨다.

퇴직 후에는 마음 편히 지내며 건강한 노후를 보내고 싶어 하셨다. 제2의 인생 시작 기념으로 프리미엄 종합검진을 받으셨다. 백 가지 이상의 항목이 포함된 정밀 검진이었다. 건강하다는 결과를 기대했지만, 예상은 빗나갔다. 유방에 이상소견이 발견되어 정밀검사가 필요하다는 소견을 받았다. 대학병원을 찾아 엑스레이, CT, MRI에 이어 세 차례 조직검사를 받으셨다. 의사는 더 정확한 진단을 위해 추가 검사를 진행했다. 그렇게 반년 동안 검사가 이어졌다. 검사가 길어질수록 불안도 커졌을 테다. 혹시라도 안 좋은 결과가 나오면 어쩌나. 자식들이 걱정할 텐데. 그런 생각 때문에 나에게 숨기셨을지도 모른다.

나는 지금도 다 알지 못한다. 몇 차례 검사가 남았는지, 상태가 어떤지, 추적 검사를 얼마나 오래 해야 하는지, 어떤 약을 드시는지도 여전히 모르겠다. 여쭈어봐도 늘 두루뭉술하게 대답하신다.

"더 아프면 그때는 꼭 이야기할게. 걱정하지 마."

엄마는 늘 그렇게 말씀하신다. 집에 가면 화장대 한쪽에 엄마 이름이 적힌 약봉지 뭉치가 한가득이다. 그걸 볼 때마다 아직도 치료가 이어지고 있음을 짐작한다. 괜찮다고 말하시는 미소 뒤에 있는 아픔이 전해진다.

오랜 육아휴직 후 복직했다. 나 하나 챙기기도 버거운 나날이었다. 바쁘다는 핑계로 안부조차 자주 묻지 못했다. 무소식이 희소식이라며 스스로 위안했다. 엄마는 늘 괜찮을 거라 여겼다. 교사르서, 엄마로서, 며느리이자 맏딸로서 모든 자리를 지켜내셨다. 언제나 웃으셨고 어떤 일이든 해내셨다. 그래서일까. 그 존재가 무너질 거라고는 한 번도 상상해 본 적이 없었다.

엄마가 아프고 나서야 비로소 알게 됐다. 엄마는 늘 괜찮은 사람이 아니라 괜찮아야만 했던 사람이었다는 걸. 그동안 엄마는 묵묵히 버텨 오셨다. 몸은 거짓말을 하지 않았다. 수척해진 얼굴, 작아진 어깨, 주름진 손, 하얀 머리카락은 말없이 보여주었다. 강한 사람은 다르다고 생각했다. 하지만 강함도 결국 버티기의 다른 이름이었다. 그 사실을 늦게 알아챘다.

이제는 내가 할 차례다. 물론 엄마처럼 다 해낼 자신은 없다. 하지만 곁에서 챙겨드릴 수는 있다. 안부 묻고 건강 살피며 작은 변화도 살피려 한다.

나의 영웅. 사랑하는 엄마. 이제 내가 엄마의 힘이 되고 싶다.

지친 마음에 놓는 한 줄

I'm everything I am. Because you loved me.
My world is a better place because of you.

– <Because You Loved Me>, 셀린 디옹 –

2.

엄마와 나, 겹친 시간

부모님 댁 거실 한가운데 벽걸이 TV가 걸려 있다. 양옆으로 장롱 크기의 큼직한 원목 엔틱 장식장이 자리 잡고 있다. 오른쪽 장식장에는 두 분이 여행 다니며 모은 기념품들이 나라별로 가득하다. 왼쪽에는 포도주, 위스키, 보드카 등 양주와 민속주 등이 보인다. 오른쪽은 엄마가 왼쪽은 아빠가 채우신다. 장식장 아래에는 동그란 손잡이가 달린 나무문이 있다. 자주 사용하지 않는 물건들을 넣어뒀겠거니 하며 별 관심 두지 않고 지냈다.

둘째를 낳고 부모님 댁에서 몸조리할 때였다. 그곳은 다섯 살 윤이에게 신기한 물건이 가득한 놀이터였다. 매일 보물찾기 하듯 서랍을 열고 안에 든 물건을 꺼내 흩뜨리며 놀았다. 한날은 윤이가 거실에서 장식장을 탐색 중이었다. 까치발을 하고 장식장 손잡이를 잡으려 했지만 닿지 않았다. 몇 번 시도하다가 털썩 주저앉았다. 눈앞에 하부 장이 있었다. 동그란 손잡이를 양손으로 잡고 힘껏 당겼다. 엉덩방아를 콩 찧는 동시에 문이 확 열렸다. 책이 엄청 많다며 윤이가 들뜬 목소리로 나를 불렀다. 거실 소파에 앉아 둘째를 안고 재우는 중이었다. 저지레할까 싶어 얼른 일어나 윤이에게 다가갔다. 수납장 안에는 국어사전만 한 접착식 사진첩이 빼곡히 들어 있었다. 어릴 적 자주 들춰보던 앨범들이었다. 그중 빨간색 사진첩이 눈에 띄었다. 내 이름이 적혀 있었다. 손때 묻은 겉표지를 넘기자, 돌사진이 나왔다. 잔디 머리에 무표정한 얼굴. 빨간 한복을 입은 사진. 촌스럽고 웃겼다. 윤이가 누구인지 물었다. 내가 아기였을 때 모습이라고 답했다. 윤이의 눈이 동그랗게 커졌다. 엄마가 왜 이렇게 작냐며 물었다. 밥 많이 먹고 이렇게 컸다고 말했다. 윤이는 신기한지 나와 사진을 번갈아 바라봤다.

현이를 재우고 거실로 왔다. 바닥에 자리를 잡고 앉았다. 앨범을 무릎에 올려놓고 한 장씩 넘겼다. 사진마다 날짜와 장소, 손 그림과 짧은 메모가 붙어있었다. 그중 한 장이 눈길을 끌었다. 배를 바닥에 대고 두 팔을 쭉 뻗으며 앞으로 나아가려 하는 내 모습이었다. 나는 그 자리에서 2시간 넘게 사진첩을 들여다봤다.

저녁 6시, 부모님이 퇴근하고 오셨다. 윤이는 할아버지 손을 잡아끌고 배밀이 하는 내 사진을 가리켰다. 아빠는 미소를 지으며 말했다.

"그래. 네 엄마 맞다. 이 사진은 17개국을 돌아다닌 사진이다."

내가 태어난 지 여섯 달이 되었을 때 아빠는 해외 근무를 나가셨다. 한 번 출장을 나가면 짧게는 한 달, 길게는 1년 넘게 외국에 머물렀다. 여러 나라를 다니는 동안 내 배밀이 사진을 늘 가방에 넣고 다니셨다고 했다. 아빠가 집에 돌아오면 뒤집기와 배밀이를 하던 너가 기어다녔다고 했다. 다음 출장에 갔다 돌아오면 일어나 걷고 뛰어다녔다고 했다.

윤이는 앨범을 넘기며 또 다른 사진을 가리켰고 아빠는 사진마다 담긴 이야기를 들려주었다. 타지에서 힘든 순간마다 아빠는 가방 속 사진을 꺼내 보셨을 테다. 일 때문에 딸의 성장을 곁에서 지켜볼 수 없었던 아빠의 마음이 느껴졌다.

곧바로 또 다른 생각도 들었다. 엄마는 얼마나 힘드셨을까. 아기가 뒤집기를 시작하면 손이 많이 간다. 배를 바닥에 대고 기어다니기 시작하면 한시도 눈 뗄 수가 없다. 집안을 돌아다니다 모서리에 머리를 부딪히진 않을까, 눈앞에 있는 건 뭐든 집어 입에 넣을까 싶어 긴장의 끈을 놓지 못한다. 밥은 허겁지겁 드셨을 거다. 화장실도 마음 놓고 가지 못했을 거다. 온종일 나를 업고 다니며 집안일도 하셨겠지. 힘들어도 내색하지 못했고 하소연할 곳도 없었을 테다. 아빠는 해외에 있었고 양가 어른들께서도 멀리 계셔 도움을 받을 수도 없었다. 그 모든 시간을 엄마는 혼자 견뎌내셨다. 다섯 살 장난꾸러기와 갓난아기를 데리고 부모님 댁에 몸조리 중인 내가 민망해졌다.

예전에는 사진 속 내 모습만 보였다. 지금은 사진 너머의 장면까지 그려본다. 짧게 자른 머리를 하고 입안 다 보이게 웃는 내 모습. 귀엽다는 생각에서 엄마는 어떤 마음으로 이 순간을 찍었을까로 이어졌다. 육아와 가사에 지쳐 쉬고 싶었을 텐데 엄마는 카메라를 들었다. 엄마를 향해 웃는 나, 그 웃음을 담는 엄마. 내가 잠들면 엄마는 쉬는 대신 앨범에 사진을 붙이고 메모를 남겼다. 그렇게 만든 사진첩이 장식장을 가득 채웠다. 사진첩은 곧 엄마의 시간이자 사랑이었다.

"엄마, 아빠 없는 동안 혼자서 어찌했었대?"

"그때는 하도 정신이 없어서 힘들다 생각할 겨를도 없었지. 해야 하니 했지. 근데 너는 순했어. 얼마나 착했다고. 윤이랑 현이도 잘할 거다. 나중에 아이들이 말 안 들으면 알려 줘. 우리 딸 힘들게 하지 말라고 말할 테니까."

맞벌이에 주말부부. 거기에 육아까지. 해내야 한다는 부담은 생각보다 훨씬 크다. 아이들이 잠들면 거실로 나와 창밖을 보곤 했다. 컴컴한 밤하늘의 달을 보며 멍하니 서 있었다. 이유도 모른 채 눈물 흘린 적 많다. 창에 비친 흐릿한 내 모습은 축 처져있었다. 왜 이렇게 힘든 걸까? 나는 잘하고 있는 건가? 둘째를 낳고 기르는 지금도 모든 게 처음 같다. 낯설고 서툴다. 먹이고 재우고 돌보는 일 어느 하나 쉽지 않다.

퇴근하고 집에 돌아와도 쉬지 못한다. 거실과 부엌은 늘 엉망이다. 아이 둘은 잘 놀다가도 금세 다툰다. TV 앞에 흩어진 장난감 주워 담고 동화책을 정리하다가 소파에 털썩 주저앉았다. 이게 뭐야. 이런 삶을 꿈꿨던 게 아닌데. 짜증과 눈물이 난다. 그럴 때마다 엄마를 떠올린다. 예전 엄마의 모습이 내 안에 겹쳐 보인다. 나도 휴대전화를 들어 아이들 모습을 찍는다. 아이들은 카메라 앞에서 브이를 하며 웃는다.

어느 날 저녁. 갓 담근 얼갈이김치를 전해주겠다며 엄마가 집에 들렀다. 아이들은 폴짝폴짝 뛰며 반겼다. 엄마 손에는 보자기에 싼 반찬통이 들려 있었다. 김치, 장조림, 멸치볶음, 나물무침. 글라스락 통 안에 반찬이 가득했다. 인사를 마친 엄마는 내 얼굴을 쓰다듬었다. 나는 엄마를 안았다.

"힘들지? 내가 보니까 우리 딸 정말 잘하고 있단 생각이 들어. 엄마는 너 키울 땐 이렇게 못했어. 잘하고 있으니까 괜한 걱정 하지 마."

발끝에서부터 기운이 솟는 것 같았다. 눈물이 쏙 들어갔다. 엄마 얼굴을 보며 말했다.

"엄마, 저녁 먹고 가. 오랜만에 보쌈 어때? 엄마 김치랑 먹으면 기가 막힐 것 같아."

3.

정리가 어려운 건 아이도 나도 똑같아

또, 또 시작이다. 학교 다녀와 책가방 정리하고 옷 벗어 빨래통에 넣고 손 씻는 게 그리 힘든가 보다. 둘째도 마찬가지다. 유치원 가방 획 던지고 현관에서부터 훌훌 원복을 벗는다. 놀이방 가는 길에 윗옷과 바지, 양말이 줄지어 있다. '너희들 언제 치우나 보자.' 싶은 마음이 들었다. 바닥에 널브러진 옷가지들 노려봤다. 그런 내 모습이 두 녀석에게는 보이지 않나 보다. 거실에서 서로 야구 배트를 차지하려고 소란이다. 하나, 둘, 셋. 큰 소리로 숫자를 세자 그제야 움찔하며 내 눈치를 본다.

"엄마가 몇 번을 말해야 하니. 갔다 오면 손 씻고, 옷은 빨래통에, 가방은 방에 딱 놓고. 응? 맨날 엄마가 치우잖아."

목소리 높아지기가 무섭게 둘은 분주히 움직였다. 외출하고 돌아오면 자기 물건 챙기는 일, 그게 참 힘든가 보다.

이사하면서 아이 방을 마련했다. 리모델링에 가장 큰 공을 들였다. 친환경 벽지와 차음 효과가 있는 바닥재까지 꼼꼼하게 따졌다. 가구 배치를 두고 며칠을 고민하며 검색했다. 매장에 가서 디자인과 크기를 확인하고 컴퓨터로 시뮬레이션도 했다. 옷장, 서랍장, 책장, 정리함 모두 새로 샀다. 방에서 놀던 장난감 서랍에 쏙 집어넣고, 옷은 옷걸이에 착 걸고, 책은 책장에 넣겠지. 스스로 정리할 아이의 모습을 상상하며 키즈룸 가구를 풀세트로 장만했다. 그렇게 고심해 마련했는데 정작 그 가구를 쓰는 건 나뿐이다. 옷 정리도 장난감 정리도 결국 다 내가 한다.

혹시 아이들이 정리 방법을 몰라서일까 싶었다. 수납장마다 포스트잇을 붙였다. 제일 위 칸은 각종 스티커, 포켓몬과 공룡 카드, 딱지를 넣는 곳. 가운데 칸은 미니 자동차, 바다와 공룡 친구들, 입체 큐브 블록을 넣는 곳. 아래 칸은 변신 로봇, 뽀로로 자석 블록, 나무 블록 등 크기가 크거나 무거운 장난감을 넣는 곳. 매직펜으로 큼직하게 쓰고 작은 그림도 옆에 그려서 각 수납 칸에 붙였다. 이제 아이들이 알아서 정리하겠지. 포스트잇을 붙일 때마다 가슴이 두근거렸다. 서랍마다 붙인 메모지를 가리키며 아이들에게 말했다. 놀이가 끝나면 장난감을 넣어 정리하는 거라고 일러뒀다.
놀이 시간이 끝나자, 윤이는 큐브 블록을 파우치에 담았다. 다음은 어떻게 할지 지켜봤다. 파우치를 들고 방으로 가더니 두 번째 줄 서랍에 쏙 넣었다. 너무 잘했다며 칭찬했다. 그러자 현이가 미니카를 들고 와서 서랍 안에 넣었다. 아, 뿌듯했다. 진작 이렇게 할 걸. 이제는 정리 때문에 아이들과 실랑이 벌이지 않아도 되겠다 싶어 마음이 한결 가벼워졌다. 그런데, 이게 웬걸. 라벨지 효과는 일주일뿐이었다. 다시 예전으로 돌아갔다. "정리 안 하면 장난감 영영 못 볼 줄 알아!"라고 으름장을 놓으면 그제야 치우는 시능을 한다.

정리함에 라벨까지 붙여놨으니 내가 한 번만 말해도 아이들이 척 알아듣고 정리할 줄 알았다. 아니, 말하지 않아도 스스로 정리할 거라 기대했다. 그건 나의 바람일 뿐이었다. 정리하라는 말을 반복하다 보니 앵무새가 된 기분이다. 잔소리하는 엄마가 되고 싶지 않은데 그런 조짐이 보인다.

속상한 마음에 엄마에게 전화를 걸었다. 매번 치워도 거실과 방은 금세 어질러진다고 하소연했다. 엄마는 아이들은 원래 그렇다며 조금 더 크면 알아서 정리할 거라고 했다.

돌이켜보면 나도 그렇게 정리를 잘하는 편은 아니었다. 깔끔하게 지내고 싶은 마음은 있었지만, 실천은 쉽지 않았다. 필요한 물건을 찾지 못할 때마다 엄마를 불렀다. 내 눈에는 보이지 않던 것도 엄마는 단번에 찾아내셨다. 책꽂이에서 문제집을, 서랍에서 옷을 찾아 건네주셨다.

방을 바로바로 치우기보단 한 번에 몰아서 했다. 어쩌다 한 번 정리를 하면 엄마는 크게 칭찬해 주셨다. 정리도 서툴고 잘 찾지도 못하는 내가 얼마나 답답하셨을까. 잔소리 대신 "잘했다.", "고맙다."라는 말만 건네셨다. 지금은 그 마음을 조금 알 것 같다.

오늘도 다르지 않다. 치워도 금세 어질러진다. 도로 아미타불이다. 매일 끝나지 않는 과제를 하는 기분. 거실과 방을 정리하다 문득 이런 생각이 스친다. '아, 어릴 때 방 안 치우던 내가 지금 벌받는 건가?' 그러다 또 다른 생각이 따라온다. '엄마가 다 해주셨구나. 매일 치우고 정리하셨구나.' 그때는 미처 몰랐던 엄마의 시간이 느껴진다. 알아주지 않아도 자식을 위해 움직이던 손길. 그게 엄마의 사랑이었을까. 정리는 물건을 옮기는 일이 아니라 마음을 주고받는 일이다. 지금은 내 손을 거쳐 아이들에게 닿는다. 그렇게 나도 그 마음을 조금씩 배워간다.

오늘도 눈앞에 펼쳐진 아이들의 '허물 쇼'에 한숨이 나왔다. 머리가 지끈거려서 10분 만이라도 쉬고 싶었다. 널브러진 옷가지를 못 본 척하고 소파로 향했다. 아악! 그러다 바닥에 나뒹굴던 젠가 나무토막을 밟았다. 날카로운 통증. 눈물이 핑 돌았다. 왼발을 들고 깡충깡충 뛰었다. 발을 감싸 쥐며 소파에 털썩 앉았다. 아이스크림 가게 놀이를 하던 아이들이 다가왔다. 윤이는 미간을 찌푸리며 괜찮냐고 물었다. 현이는 빨갛게 찍힌 내 발바닥에 얼굴을 가까이 대고 조심스레 호~호~ 불었다. "장난감 정리 제대로 안 할래?"라는 말이 목구멍까지 올라오다 멈췄다. 윤이는 재빨리 흩어진 옷을 주워 빨래통에 넣고 젠가를 상자에 넣었다. 현이는 아이스크림 장난감 카트를 정리했다. 비워진 거실은 아이들의 마음으로 채워졌다.

"우와. 깨끗해졌네. 고마워."

4.

엄마 도대체 어떻게 그랬어?

여름휴가에 물놀이가 빠질 수 없다. 올해도 워터파크다. 방학은 아직 한 달 넘게 남았지만, 숙소를 예약하고 나니 마음이 들떴다. 옷장을 열었다. 수영복이 든 에코백을 꺼냈다. 커플 래시가드 수영복, 아이들 수영복, 수영모, 수경을 차례로 펼쳤다. 가방 바닥에서 파란색 지퍼백을 발견했다. 몇 년 전 쓰고 남은 방수 기저귀였다. 그걸 보니 기저귀 유목민처럼 헤매고 다니던 날들이 떠올랐다.

기저귀 유목민. 아이에게 맞는 기저귀를 찾기 위해 다양한 제품을 써보는 걸 말한다. 흡수력, 통기성, 착용감. 하나라도 어긋나면 곤란하다. 다른 브랜드를 찾아야 한다. 작은 엉덩이가 짓무르거나 발진이 생기면 마음이 쓰려진다. 쉬가 줄줄 샐 때는 예민해질 수밖에 없다. 아이를 낳기 전에는 몰랐다. 기저귀 하나 고르는 일에도 이렇게 많은 고민이 필요하단 걸.

처음에는 기저귀 유목민은 아니었다. 산후조리원에서 기본으로 제공하는 제품과 선물 받은 신생아용 기저귀를 썼다. 퇴실 일주일을 앞두고 모자동 시간을 가졌다. 그때 처음으로 아기 기저귀를 갈아봤다. 그전까지는 신생아실 유리창 너머로 보기만 했다. 속싸개에 돌돌 감긴 모습을 보다 수유 시간에 잠깐 아이를 안으면 가슴 벅찼다. 작은 얼굴을 바라보는 것만으로도 좋았다. 시간 가는 줄 몰랐다. 어쩌다 실눈 살짝 뜰 때면 세상 행복이 다 내 것 같았다. 수유를 한 뒤 기저귀를 살펴 소변줄을 한 번씩 확인해야 한다는 생각은 미처 하지 못했다.

출산 후 첫 모자동시간. 두 손을 깍지 낀 채 방안을 빙글빙글 돌며 아이가 오길 기다렸다. 노크 소리가 들렸다. 문이 열리고 간호사가 아기를 조심스레 침대에 눕혔다. 수유 시간과 몸무게를 알려준 뒤 2시간 뒤에 오겠다며 떠났다.

눈 감고 있는 아이를 봤다. 눈에 넣어도 아프지 않다는 말이 괜히 나온 말이 아니었다. 휴대전화를 꺼냈다. 스피커 구멍을 엄지로 막고 사진을 찍었다. 디데이 달력을 아이 옆에 두고 찰칵. 하트 장식과 인형을 놓고 또 찰칵. 얼굴에서 발바닥까지 수백 장 찍었다. 배냇짓을 놓칠세라 동영상으로 남겼다. 오물거리는 입, 꼼지락거리는 발, 작은 손발톱까지. 작아도 있을 건 다 있었다. 천사가 내려온 듯했다. 넋 놓고 바라보다 아기 발을 살짝 건드렸다. 말랑한 촉감이 손끝에 닿았다.

응애. 울음소리에 놀랐지만 잠에서 깬 게 반가웠다. 안아 달래보려 했다. 왼팔로 목과 머리를 받치고 손바닥으로 엉덩이를 받쳐 품에 안았다. 오른손으로 아무리 토닥여도 소용없었다. 왜 우는지 몰라 답답했다. 같이 울고 싶었다. 울음소리를 듣고 간호사가 들어왔다. 아기가 울 때는 먼저 두 가지를 확인하라 했다. 배고픈지 기저귀가 불편한지. 나중에는 울음소리만 들어도 다 알 수 있다며 걱정하지 말라고 했다. 간호사는 침대에 아기를 눕혔다. 발목을 잡아 엉덩이를 살짝 들어 올리고 새 기저귀를 밀어 넣었다. 차고 있던 기저귀는 풀어 돌돌 말아 버리고 새것으로 갈았다. 울음 그친 아기는 다시 잠들었고 모자동시간도 마무리되었다.

또다시 모자동시간이 되었다. 이번에도 아기는 자고 있었고 나는 한참을 바라봤다. 사진을 찍다 보니 시간이 훌쩍 지나갔다. 2시간이 끝날 무렵 아기가 울었다. 당황하지 않았다. 방에 오기 전 수유를 마쳤으니 기저귀 때문일 거라 짐작했다. 속싸개를 풀어 기저귀를 확인했다. 소변줄이 파랗게 변해 있었다. 간호사가 알려준 순서를 떠올렸다. 새 기저귀를 깔고 허리에 차고 있던 기저귀를 벗겼다. 아이 엉덩이에 붉은 발진이 보였다. 작은 발이 버둥거렸다. 손부채질했다. 붉은 기운이 조금이라도 가라앉길 바랐다. 간호사가 다른 기저귀를 준비해달라고 말한 게 이 때문인가 싶었다.

모자동시간이 끝나고 엄마에게 전화를 걸었다. 기저귀 발진인지 엉덩이가 벌겋다고 말했다. 엄마는 엉덩이를 시원하게 해주고 약만 잘 바르면 곧 나아진다고 하셨다. 기저귀 이야기를 하다 보니 문득 궁금해졌다. 내가 아기였을 때는 어땠을까.

"천 기저귀 썼지. 삶고 말리고. 보통 일이 아니야. 한여름에는 정말 더 힘들었어. 기저귀까지 삶으니, 집이 얼마나 더웠겠니. 장마철엔 잘 마르지도 않아 고생했지. 어쩔 수 있냐. 거실에 빨랫줄 걸어 기저귀 죽 널어놓고 선풍기 틀었다. 그래도 잘 안 마르니까 밤새 부채질해야 했지. 어찌 잠을 자겠냐. 축축한 기저귀를 채울 순 없잖니. 지금 생각해 보면 그것도 다 추억이네."

조리원을 퇴소하고 집으로 왔다. 기저귀 발진은 여전했다. 아이에게 맞는 기저귀를 찾으려고 체험 팩을 신청했다. 각 브랜드의 샘플을 써보며 비교했다. 성분을 살피고 사용 후기도 빠짐없이 읽었다. 브랜드 종류는 생각보다 많았다. 같은 브랜드 안에서도 세부 제품이 다시 나뉘어 있었다. 아기의 체형과 피부 상태에 따라 맞는 기저귀가 따로 있다는 사실을 그때 알았다. 국내외 제품 스물네 가지를 써본 끝에 마침내 우리 아이에게 맞는 기저귀를 찾았다.

다시 발진이 생길까 싶어 더 신경 썼다. 기저귀가 젖을 때마다 바로 갈아줬다. 미지근한 물로 엉덩이를 씻기고 입바람과 손부채질로 말렸다. 보습제도 빠뜨리지 않았다. 보송보송한 엉덩이를 위해서라면 매번 아이를 안고 화장실에 가는 일쯤은 얼마든지 할 수 있었다. 손목이 욱신거려 보호대를 차야 했다. 그래도 씻기고 말리는 일을 멈출 수는 없었다.

기저귀 유목민 생활과 발진과의 전쟁은 여섯 달 만에 끝이 났다. 그러나 그 시간은 엄마가 겪었던 수고에 비할 바는 아니다. 매일 천 기저귀를 삶고 말리며 밤을 지새우던 엄마의 사랑. 그 사랑으로 내가 자랐다. 나 역시 그 마음을 이어 아이를 품는다. 아이를 돌보는 일은 하루하루 사랑을 쌓는 일이기도 하다.

그래도 이거 하나, 건조기가 있어 얼마나 다행인지 모른다. 매일 밤새우며 기저귀를 말린다고? 엄마는 도대체 어떻게 해냈을까?

5.

보이지 않는 곳에서도 사랑은 자란다

동아리 전일제. 현장 체험 수업으로 팔공산 동화사에 갔다. 문화해설사와 함께하는 시티투어다. '외국인에게 대구 명소를 소개하는 영상 만들기'라는 조별 과제를 미리 제시했다. 학생들은 삼삼오오 짝을 지어 다니며 동화사 이곳저곳을 둘러보고 사진을 찍었다. 대웅전 앞에서 잠시 자유 시간을 가졌다. 햇살 아래 오색 연등이 반짝였다. 바람에 달랑달랑 울리는 풍경 소리에 시간은 느리게 흘러가는 듯했다. 법당 마당과 대웅전 주변을 천천히 걸었다. 문화해설사는 대웅전이 보물로 지정되었다고 설명했다. 향냄새에 이끌려 계단을 올랐다. 문이 열린 법당 안에는 부처님께 참배하는 사람들이 있었다. 그중 불단 오른쪽 대들보 옆에서 기도하는 한 사람이 눈에 들어왔다. 108배 나무 염주를 쥐고 절하는 모습에 간절함이 묻어났다. 중얼거리는 기도 속에 수능과 합격이라는 단어가 들렸다. 수험생의 엄마인 듯했다. 눈을 감고 정성을 다해 기도하는 모습을 보니 새벽에 기도하던 엄마 모습이 떠올랐다.

임용 시험을 한 달 남짓 앞두고였다. 모집인원은 줄었고 시험 절차도 달라졌다. 2차 시험까지 있었는데 3차 시험으로 바뀌었다. 불안은 더 커졌다. 순공시간(휴대전화나 컴퓨터를 쓰거나 잠자는 시간을 제외한 순수 공부 시간)을 어제보다 1분이라도 늘리려 애썼다.

알람이 울리기 전에 눈이 떠졌다. 새벽녘에야 잠든 탓에 머리가 무겁고 띵했다. 다시 눈을 감았지만 잠은 오지 않았다. 결국 일어나 커튼을 걷었다. 창밖은 아직 어두웠다. 가로등 불빛 아래 흔들리는 나뭇잎만 보였다. 인적도 차 소리도 없었다. 앞 동 아파트 10층 한 곳에 불이 켜져 있었다. 이른 새벽부터 하루를 시작하는 사람이 있다는 사실에 정신이 또렷해졌다.

거실로 나갔다. 건너편 작은 방에서 희미한 불이 새어 나왔다. 어제 외투를 넣으려 불을 켜놓고는 깜빡하고 그냥 잤구나 싶었다. 전등부터 끄고 화장실로 갈 생각이었다.

톡. 톡톡. 방에 가까워질수록 바닥에 무언가 부딪히는 소리가 났다. 무섭기도 하고 궁금하기도 했다. 문틈 사이로 방안을 엿봤다. 엄마였다. 두 손 모아 합장한 뒤 무릎을 꿇고 엎드렸다가 다시 일어났다. 합장하고 엎드리고를 반복했다. 절할 때마다 염주 알이 톡톡 바닥에 부딪히며 소리를 냈다. 좁은 문틈 사이로 엄마의 모습이 크게 보였다. 헉. 양손으로 입을 막았다. 뒤꿈치를 들고 뒷걸음질했다. 방으로 돌아와 침대에 걸터앉았다. 이유는 알 수 없었지만, 눈물이 터졌다. 얼굴을 가리고 흐느꼈다. 울음소리가 밖으로 새지 않도록 입을 꾹 다물었다. 손등으로 눈물과 콧물을 닦았다. 내가 고3 때, 새벽마다 거실에서 기도하던 엄마. 5년이 지난 지금도 엄마의 기도는 이어지고 있었다.

달그락달그락 부엌에서 그릇 소리가 들렸다. 엄마가 아침 준비를 시작한 모양이었다. 한바탕 울고 난 얼굴 들키기 싫어 화장실로 갔다. 거울을 봤더니 눈이 퉁퉁 부어있었다. 찬물로 세수했다. 숨을 길게 내쉬니 조금 진정이 되는 것 같았다.

어제보다 밝은 소리로 엄마에게 아침 인사를 건넸다. 오늘 아침밥 냄새가 좋다고 하니 엄마가 미소 지으셨다. 내가 좋아하는 가지볶음을 했다며 자리에 앉아 먹으라고 하셨다. 김이 모락모락 피어오르는 가지 하나 집었다. 후후 불어 식힌 뒤 입에 넣었다. 밥 한 톨 남기지 않고 싹싹 긁어 먹었다.

임용 공부한답시고 고3 수험생처럼 굴었다. 공부하기 힘들다, 시험이 걱정된다, 합격할 수 있을까 투정 부렸다. 요구하는 것도 많았다. 버스 타고 학교 왔다 갔다 다니기 힘들다며 엄마 출퇴근길에 태워달라고 부탁했다. 공부가 잘 안된 날, 특히 모의고사 점수가 잘 나오지 않을 때는 괜히 더 툴툴거렸다. 그럴 때면 엄마는 기분 전환이 필요하다며 팔공산 드라이브를 제안하셨다.

"공부하는 사람은 먹는 것도 잘 먹어야 해. 팔공산에 왔으니, 오리고기를 먹어줘야지."

벌겋게 달아오른 숯불 위에 오리고기가 노릇노릇 구워졌다. 엄마는 잘 익은 오리고기 몇 점을 집게로 집어 내 앞접시에 담아주셨다. 내가 한 점

먹으면 엄마는 두 점을 접시에 담아주셨다. 호호 불어가며 천천히 많이 먹으라고 하셨다. 잘 먹으면 힘이 난다며 상추쌈도 건네주셨다.

새벽까지 공부하다 물을 마시러 거실에 나가면 엄마는 소파에 웅크린 채 새우잠을 자고 계셨다. 인기척에 눈뜬 엄마는 멋쩍은 듯 웃으며 "깜빡 잠들어버렸네." 하시곤 공부하느라 고생한다며 토닥여주셨다. 모든 걱정은 엄마가 대신하겠다고 말씀하셨다. "잘하고 있어! 엄마는 우리 딸 믿어!" 마법의 주문 같았다. 엄마의 말과 포옹은 나의 걱정을 덜어주고 마음을 다잡게 해줬다.

이제는 내가 엄마가 되었다. 육아도 살림도 여전히 서툴다. 직장 생활도 마음처럼 쉽지 않다. 주변의 워킹맘들은 척척 해내는 것 같은데 나는 왜 이렇게 힘들기만 한지 푸념할 때도 있다. 집안일도 직장 일도 육아도 완벽하지 않다. 그래도 어찌저찌 하나씩 해나간다. 못하면 어쩌나 걱정이 밀려와도 나는 할 수 있다고 믿는다. 모두 엄마 덕분이다. 엄마의 사랑은 삶을 지탱하는 힘을 준다. 힘든 순간마다 위로가 되었고 'OK, 한 번 더!'를 외치게 했다.

새벽마다 기도하는 엄마와는 비교할 수 없지만, 나도 가끔 기도한다. 새해나 가족 생일 또는 해돋이나 보름달을 마주할 때면 두 손을 모으고 눈을 감는다. 중요한 결정을 할 때는 가족을 가장 먼저 떠올린다. 엄마가 그러하셨듯 나 역시 가족의 행복을 우선에 둔다.

매일 아침, 아이들이 잠에서 깨면 미소로 맞이한다. 꼭 안아주며 사랑한다는 말도 잊지 않는다. 아침밥 챙겨주고 오늘 하루도 즐겁게 보내자며 파이팅을 외친다. 아이들이 기분 좋게 하루를 시작한다면 그걸로 충분하다. 엄마에게서 배운 사랑을 아이들에게 전한다. 엄마가 내게 늘 그랬던 것처럼.

지친 마음에 놓는 한 줄

지난 시간은 누군가의 사랑으로 채워져 있다고 한다.
받은 사랑은 마음을 채우고, 건네는 사랑은 마음을 빛낸다.

6.

사라질 오늘이 되지 않기 위해

손에 들어 펼쳤다가 제자리에 놓았다. 그러다 진열대에서 다시 꺼내 들었다. 앞뒤를 훑어보다 또 내려놓길 몇 차례. 자꾸 눈이 간다. 앞표지에는 꽃이 그려져 있다. 하드커버에 펜홀더까지 달려있다. A4 용지 반쯤 되는 크기. 한 손에 쥐기 좋다. 두껍지도 얇지도 않은 딱 좋은 크기다. 내지도 쫙 펼쳐져 글 쓰기에도 편하다. 살까 말까 망설이다 내려놓았다. 다이어리치고 조금 비싼 값이다. 매년 그렇듯 예쁜 다이어리를 사놓고 한두 달 뒤면 흐지부지 쓰지 않게 될까 싶었다. 지금까지 본 다이어리 중 가장 마음에 들었지만, 이번에도 끝까지 쓰지 않을 것 같았다. 한참 만지작거리다 발길을 돌렸다.

집에 오는 내내 아른거렸다. 핫트랙스에서 본 그 다이어리가 머릿속에서 떠나질 않았다. 그냥 살걸 그랬나 싶다가도 고개를 저었다. 잘 쓰지도 않으면서 괜히 돈만 쓰는 거지 싶었다.

연말이면 은행이나 보험회사에서 달력과 다이어리를 나눠준다. 아빠는 매년 내 몫까지 챙겨주셨다. 올해도 부탁드리려 했다. 하지만 요즘은 경기가 어려워 예전처럼 여러 개 주지 않는다고 하셨다. 보험사에서 받은 것도 한 개뿐이라 엄마께 드렸다고 하셨다. 나중에 생기면 챙겨주겠다고 덧붙이셨다.

은행이나 병원에서도 달력을 보기 힘들다는 뉴스를 봤다. 이제는 한정판처럼 귀해졌다. 예전엔 쉽게 받던 건데 막상 구하기 어렵다니 괜히 욕심났다. 그 어느 때보다 다이어리를 갖고 싶은 마음이 드는 건 알다가도 모를 일이다.

며칠 뒤 엄마에게서 전화가 왔다. 다이어리를 엄마가 쓰게 되어 미안하다고 하셨다. 연말마다 아빠가 다이어리를 챙겨주시길래 올해도 있나 싶어 여쭤본 것뿐이라고 말씀드렸다. 그러자 엄마는 예쁜 다이어리를 사주겠다고 하셨다. 괜찮다고 했지만, 엄마는 꼭 사주고 싶다고 했다.

괜히 아빠에게 다이어리 이야기를 꺼냈나 싶었다. 엄마에게 다이어리는 없어서는 안 될 물건이다. 삶의 일부에 가깝다. 엄마에게 중요한 만큼 딸인 나에게도 필요하다고 생각하셨던 듯하다. 나는 있으면 쓰고 없으면 말고였는데. 엄마가 이렇게까지 미안해하시니 오히려 내가 부끄러워졌다.

엄마는 다이어리를 기록한다. 하루도 거르지 않는다. 일기, 가계부, 독서와 건강 기록을 다이어리 한 권에 담는다. 그렇게 쌓인 세월이 40년이다. 어쩌면 그보다 더 길지도 모른다. 엔틱 장식장에 가지런히 꽂힌 마흔 권 넘는 다이어리. 엄마 삶이 고스란히 담겨있다.

매일 저녁, 엄마는 안방 침대 끝에 걸터앉는다. 침대 앞 TV 콘솔을 책상

삼아 다이어리를 펼친다. 오늘 쓴 돈을 하나씩 떠올리며 가계부를 쓴다. 장본 금액, 저녁에 시켜 먹은 음식, 경조사비, 세금. 카드와 현금, 상품권과 포인트 사용까지 빠짐없이 적는다. 기억보다 기록이 더 정확하다고 늘 말씀하신다.

가계부 정리를 마치면 몇 장 넘긴다. 주간 일정표 옆 넓은 칸에 일기를 쓴다. 짧게는 한두 줄, 길게는 몇 줄이 이어진다. 기록하며 하루를 돌아보고 내일을 계획하신다.

다이어리 뒤쪽 부분에는 메모가 빼곡하다. TV 프로그램에서 얻은 살림 정보, 요리 레시피, 운동법과 건강 상식을 적어둔다. 마지막 장에 있는 메모장은 독서 기록장이다. 책 읽다 마음에 드는 구절을 옮겨 적고 짧게 느낀 점을 덧붙인다. 엄마에게 다이어리는 그야말로 만능 노트다.

기록의 힘이 발휘되는 순간이 종종 있다. 한날은 아빠가 10만 원을 잃어버렸다. 분명히 지갑 속에 넣어두었는데 돈이 사라졌다고 했다. 돈에 발이 달린 것도 아닌데 도대체 어디로 갔냐며 아빠는 이방 저방을 돌아다녔다. 어제 입었던 재킷 안쪽 주머니, 바지 뒷주머니 그리고 옷장 속 다른 옷까지 꺼내어 확인했다. 샅샅이 뒤졌지만 찾지 못했다. 일주일 동안 무엇을 했는지 차근차근 기억을 더듬어봤다. 그래도 돈은 나타나지 않았다. 그때 엄마가 다이어리를 몇 장 넘기더니 말했다.

"아, 지난주 금요일에 아이들이랑 과학관 갔잖아요. 아이들 과학 실험과 체험비 현금으로 내고 현이랑 윤이에게 용돈 줬네요."

다이어리에 적힌 한 줄 덕분에 사라진 돈의 행방을 찾았다. 엄마의 기록이 아니었다면 아빠는 한참이나 지갑을 들여다보며 속상해하셨을 테다.

그날 과학관에서의 하루가 떠올랐다. 실험 부스는 현금만 가능해 아빠가 체험비를 내주셨다. 돌아올 때는 지갑에 남은 돈 모두 아이들 용돈으로 주셨다. 두 엄지를 치켜들며 '할아버지 최고!'를 외치던 아이들 모습이 눈앞에 그려졌다. 엄마의 기록 덕분에 그날의 웃음과 행복이 다시 살아났다. 기억은 시간이 지나면 희미해지지만, 기록은 순간을 붙잡는다.

그 이후로 나도 일상을 기록하기 시작했다. 처음에는 어떻게 써야 할지 몰라 망설였다. 그래서 '하루 단어' 쓰기부터 시작했다. 하루를 돌아보고 기억에 나는 장면을 떠올린다. 그 단어는 그날의 일기 제목이 된다. 한 줄만 쓰면 두 줄, 세 줄로 이어진다.

기록은 일상을 새롭게 바라보게 한다. 아침 커피 향, 출퇴근길, 잠시 올려다본 하늘과 구름, 아이들과의 대화. 무심히 흘려보냈던 순간들이 특별해진다. 하루를 정리하는 시간은 일상 속 숨은 보물을 발견하는 일이다. 기록은 평범한 하루를 빛나는 장면으로 바꾼다.

하루 5분, 워킹맘을 지키는 시간

7.

그리 생각해 주니 고맙데이

올해는 출장과 회의, 연수가 잦다. 평소보다 퇴근이 30분 정도 늦을 때는 어린이집과 태권도 학원에 미리 연락한다. 아이들이 조금 더 남아 있도록 양해를 구한다. 그러나 초과근무를 하는 날이거나 저녁 연수는 다르다. 끝나면 밤이다. 어린이집도 학원도 문을 닫는다. 아이를 오래 맡길 수 없다. 그럴 땐 엄마에게 도움을 청한다. 엄마는 두 아이를 데려와 저녁까지 챙겨 주시며 언제나 기꺼이 도와주신다.

오늘도 엄마에게 전화를 걸었다. 윤이와 현이를 부탁했다.

"내가 도와줄 수 있어 얼마나 다행인지. 오히려 내가 고맙지. 그리 생각해 주니 고맙데이."

부탁은 내가 했는데, 고맙다고 한 건 엄마다.

수업 종이 울렸다. 서둘러 전화를 끊었다. 내 용건만 전하고 엄마의 대답만 확인하고 끝낸 통화였다. 교과서와 노트북을 챙겨 교실로 향했다. 귓가에는 엄마의 마지막 말이 맴돌았다. 고마워해야 할 사람은 나인데 되레 엄마가 고맙다고 하신다. 이번에도 엄마 덕분에 마음을 놓을 수 있었다. 다행스러우면서도 미안했다. 교실로 향하는 발걸음은 무겁지도 가볍지도 않았다.

복직 연수를 받던 때가 떠올랐다. 연수 장소는 대구교육연수원. 집에서 차로 40분 거리, 오전 9시부터 오후 4시까지. 여름 한 달 내내 이어지는 일정이었다. '출근 준비와 아이들 등원 준비를 함께하면 이 정도 시간이 걸리겠구나. 퇴근하고 어린이집에 들러 현이를 데리고 오면 되겠구나. 집에 도착하는 시간에 맞춰 윤이 태권도 학원 시간을 조정해야겠구나.' 머릿속으로 복직 후의 하루를 그려봤다. 그때만 해도 이 정도면 할 수 있겠다고 생각했다.

하지만 현실은 달랐다. 워킹맘 생활이 시작되자 연수 때와는 비교도 안 될 만큼 복잡했다. 일정은 자주 바뀌었고 회의나 출장, 예기치 못한 업무가 끼어들었다. 아이들이 아프면 하루 계획이 통째로 흔들릴 때도 있다. 어린이집에 연락하고 병원 진료 받으면 하루가 순식간에 지나갔다. 법정 감염병으로 격리해야 하거나 증상이 심해 입원이라도 하면 혼자서는 벅찼다. 결국 도움을 구해야 했다. 양가 어른들, 특히 엄마에게 자주 의지했다. 다 키워놓은 딸을 또다시 뒷바라지하게 해서 늘 죄송했다. 면목이 없으면서도 매번 부탁하게 된다.

오늘도 엄마에게 기대게 됐다. 수업을 마치고 서둘러 나섰다. 출장 가는 길에 엄마에게 문자를 보냈다.

'현이 어린이집 5시에 픽업, 윤이는 아파트 로비 5시 30분에 픽업입니다.

출장 마치자마자 바로 갈게요. 아이들 잘 부탁드려요. 엄마 고마워요.'

'걱정하지 마. 내가 데리러 간다고 어린이집에 말해두면 좋겠네.'

그제야 귀가 동의서를 깜빡한 게 떠올랐다. 지정 보호자가 아닌 사람이 데리러 갈 땐 어린이집에 반드시 연락해야 한다. 전에도 현이를 인계받지 못할뻔한 적이 있었다.

작년 9월, 복직 후 처음으로 늦게 끝나는 출장이 있었다. 엄마에게 아이 하원을 부탁했다.

연수 강의실은 휴대전화 신호가 약했다. 연락을 받을 수 없었다. 강의 쉬는 시간에 밖으로 나와 휴대전화를 확인했다. 어린이집 부재중 전화가 다섯 통이었다. 가슴이 요동쳤다. 전화를 걸자 부원장이 받았다. 할머니가 현이를 데리러 온 게 맞는지 확인차 연락했다고 했다. 부원장은 당시 상황을 전해주었다. 소꿉놀이하던 현이가 문 앞에 서 있는 할머니를 보자 두 팔을 벌리고 신발장으로 달려와 안겼다고 했다. "비행기 할머니! 비행기 할머니예요!"

현이가 반갑게 외치는 모습을 보고 선생님들은 엄마 대신 할머니가 데리러 온 걸 짐작했지만 귀가 동의서가 없어 바로 인계하지 못했다고 했다. 나와 연락이 닿지 않아 난감해하던 중 입소 신청서의 비상 연락망이 떠올랐다고 했다. 서류를 찾아 긴급 보호자 연락처에 적힌 할머니 전화번호를 확인한 뒤 하원을 시켰다고 설명했다. 늦었지만 지금이라도 귀가 동의서를 작성해달라는 안내가 이어졌다. 전화를 끊고 키즈노트 앱을 열었다. 처음으로 귀가 동의서를 작성했다. 귀가 시간과 방법, 연락처를 입력하고 서명

한 뒤 전송 버튼을 눌렀다. 엄마에게도 전화했다.

"엄마. 귀가 동의서 때문에 놀라셨죠? 죄송해요. 늘 이렇게 도와줘서 고마워요. 덕분에 출장 와서 잘하고 있어요. 고마워요."

"그리 생각해 주니 내가 더 고맙데이. 일도 하고 애들까지 돌보느라 고생이 많다. 내가 이렇게 도와줄 수 있으니 얼마나 다행인지. 고맙데이."

엄마는 언제나 내가 고마워해야 할 순간에도 먼저 고맙다고 하신다. 아이가 입원했을 때 병실을 대신 지켜주시면서도 "내가 해줄 수 있으니 얼마나 다행이고. 니가 고생 많다. 고맙데이."라고 하셨다. 반찬을 챙겨주실 때도 내가 맛있다고 말하면 "엄마 손맛에 길들어져서 그렇지. 맛없어도 맛있다 해줘서 고맙데이."라며 웃으신다.

엄마의 '고맙데이'는 따뜻한 위로다. 힘들어도 지쳐도 다시 일어서게 한다. 나도 먼저 고맙다고 말하는 사람이 되었다. 엄마의 말에는 깊은 사랑이 담겨있다. 그 사랑 덕분에 내 삶도 '고맙데이'로 이어진다.

> **지친 마음에 놓는 한 줄**
>
> 고맙Day.
> 고맙다고 말할수록, 고마운 일들이 이어진다.

엄마 밥이 도착했습니다

어린이집에서 현이를 태우고 집으로 향했다. 차에 타자마자 종알종알 이야기를 쏟아낸다. 오늘 음악 시간에는 마라카스를 만들었고, 체육 시간에는 풍선 놀이를 했단다. 저녁에 뭘 먹을지 묻자 짭조름한 물고기가 먹고 싶다고 했다. 표현력이 제법 늘었다. 냉동실에 고등어가 남아 있는 게 생각났다. 생선을 녹이려면 시간이 걸린다고 했지만, 현이는 늦게 먹어도 괜찮다고 했다.

지하 주차장에 도착했다. 기둥 옆 빈자리에 차를 앞뒤로 움직여 주차했다. 그래도 오늘은 세 번 만에 성공했다. "엄마 이제 주차 잘하지?" 하고 말했지만, 대답이 없었다. 돌아보니 현이가 잠들어 있었다. 가방을 둘러메고 아이를 안았다. 두 눈 감은 채 내 목을 감싼다. 뺨을 내 어깨에 기대게 하고 손등으로 아이 엉덩이를 받쳤다. 예전보다 다리가 길어졌고 몸이 무거워졌다. 짐을 들고 아이를 업어서인지 손목이 시큰거렸다. 뒤뚱거리며 걸어가 엘리베이터 버튼을 눌렀다. 아이의 숨결이 목에 닿았다. 집에 가서 그대로 눕혀 조금 더 재울지 아니면 밥을 먹이고 재울지 고민됐다.

엘리베이터 문이 열리자 고소한 냄새가 났다. 잠에서 깬 현이가 몸을 비틀며 내려달라고 했다. 보냉백과 쇼핑백이 문 앞에 놓여있었다. 안에는 구운 갈치, 김치 겉절이, 멸치볶음, 나물 반찬과 과일이 들어있었다. 익숙한 반찬통이었다. 엄마가 놓고 가신 게 분명했다. 저녁 걱정이 사라졌다. 반찬과 과일을 정리하다 엄마 쪽지를 발견했다.
'퇴근하고 집에 잘 도착했지? 고생한다. 우리 딸. 급한 일이 생겨 얼굴도 못 보고 간다. 미안. 저녁 맛있게 먹어.'

때마침 윤이가 태권도를 마치고 집에 돌아왔다. 신발을 벗자마자 저녁 반찬은 물고기인지 물었다. 현이는 식탁 위 갈치를 가리키며 할머니가 주셨다고 했다. 디저트는 샤인머스캣이라고 하자 아이들이 손뼉을 쳤다. 엄마의 쪽지를 손끝으로 한 번 더 눌러 펼친 뒤 냉장고에 붙였다.

엄마가 내 마음을 또 먼저 알아챘다. 생선 굽는 수고로움이 사라졌다. 그뿐인가. 다른 반찬까지 준비되었다. 멸치볶음은 두 가지였다. 간장과 고추장. 빨간 옷 입은 멸치 하나를 손으로 집어 입에 넣었다. 매콤 달달 짭조름한 맛. 감탄사가 절로 나왔다. 엄마의 김치 겉절이는 아주 그냥 예술이다. 아삭한 배추에 매콤한 양념, 젓갈의 감칠맛이 더해져 내 입에 딱 맞았다. 얼른 밥을 펐다. 갈치살을 발라 아이들 밥그릇에 올려줬다. 아이들이 갈치덮밥이라고 외쳤다. 입 크게 벌려 한입 넣고는 최고라며 엄지척을 한다. 나도 밥 한 숟가락을 떠 멸치와 나물을 올렸다. 겉절이와 갈치도 차례로 먹었다. 밥 한 그릇 뚝딱 비우고 남은 반찬까지 싹 해치웠다. 그릇을 치운 뒤에는 과일을 꺼냈다. 샤인머스캣 한 알 입에 넣었다. 달콤한 과즙이 입안 가득 퍼졌다. 배부르게 먹고 나니 살 것 같았다.

집안일 중 매일 신경 쓰이는 건 밥이다. 매 끼니 준비하고 치우는 일 절대 쉽지 않다. 재료 사서 씻고 다듬고 자르고 조리해 그릇에 담아 식탁에 올리기까지 손이 많이 간다. 혼자였다면 피곤한 날에는 라면 하나 끓여 먹거나 참치캔과 김으로 한 끼 때웠을 거다. 하지만 아이들에게는 대충 먹이고 싶지 않다. 진수성찬은 아니어도 집밥을 먹이는 게 좋다고 생각해 매번 장을 본다.

요리 솜씨가 뛰어난 편이 아니다. 음식 맛에는 자신 없다. 대신 제철 식재료와 유기농 재료를 쓰니 건강에는 좋을 거라 믿는다. 간은 아이들 입맛에 맞춘다. 맵거나 얼큰한 음식은 거의 만들지 않는다. 어른 입맛에 맞춘 반찬은 웬만해선 하지 않는다. 마늘과 고춧가루 듬뿍 넣으면 설거짓거리가 늘어난다. 늘 먹고 싶다는 생각만 할 뿐이다.

콩나물 무칠 때가 늘 고민이다. 아이들 먹을 수 있도록 싱겁게 무쳐 먼저 덜어낸다. 남은 콩나물에 마늘과 고춧가루 넣어 한 번 더 무칠지 생각한다. 먹을 때는 좋지만 치울 때가 번거롭다. 접시 하나 늘고, 보관 용기도 하나 더 생긴다. 결국 내 입맛에 맞는 반찬은 다음으로 미루게 된다.

주요리를 할 때도 아이들부터. 음식이 식으면 맛이 떨어지기에 고기는 한 번에 다 굽지 않는다. 한 접시 담아 먼저 내어준다. 아이들이 먹는 동안 나머지를 굽는다. 식탁에 아이들 밥은 있는데 내 밥은 없을 때가 많다. 식탁에 둘러앉아 함께 밥을 먹는 일이 쉽지 않다. 아이들 다 먹고 난 뒤 남은 반찬으로 끼니를 때우는 일이 종종 있다.

결혼 전에는 몰랐다. 밥 한 끼 만드는 일도, 나만을 위한 밥을 차려 먹는 일도 이렇게 어려울 줄은. 매일 가족의 끼니를 챙기다 보니 누군가 내게 밥 한 끼를 내어주는 일이 얼마나 고맙고 감동적인지 알게 되었다. 그중 제일은 역시 엄마 밥이다.

오늘도 쉴 틈이 없었다. 수업과 협의회가 이어져 화장실 갈 시간도 빠듯했다. 반 아이가 다쳐 학부모에게 인계하고 상담까지 마쳤다. 하루가 어찌나 길게 느껴지던지. 퇴근 생각이 간절했다. 대충 저녁 챙겨 먹고 침대에 누워 쉬고 싶단 생각뿐이었다.
귀갓길에 현이가 생선을 먹고 싶다고 했을 때 순간 아차 싶었다. 속으로 '괜히 물었나.' 후회도 잠깐 했다. 그런데 웬걸. 엄마 손맛이 턱하고 문 앞에 배송된 것이 아닌가. 든든하게 먹고 나니 기분이 한결 좋아졌다. 지친 몸과 마음에 다시 에너지가 차올랐다. 따뜻한 밥 한 끼는 생각보다 큰 힘이 된다. 엄마 밥에는 정성과 사랑이 담겨있다. 굶주린 배만 채우는 게 아니라 허기진 마음까지도 채운다. 엄마 밥으로 버틴다. 아니, 살아간다. 오늘도 문 앞에 엄마의 마음이 도착했다.

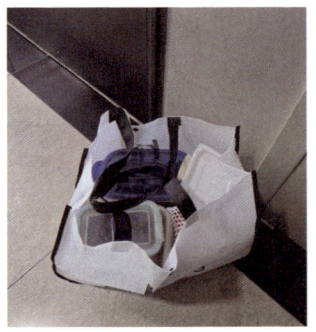

예쁜 공주
오늘 하루도 고생많았지?
하루 하루 힘들어도
귀여운 애기들 보며
힘 내길 바래!

엄마와 나, 기억이 다시 만나는 자리

엄마가 되고 나서야 엄마가 다시 보이기 시작했습니다. 그땐 미처 헤아리지 못했던 마음을 이제는 천천히 이해해 봅니다. 이 부록은 기억 속 엄마와 지금의 나를 다시 만나보는 자리입니다. 엄마의 깊은 사랑을 잊지 않겠습니다.

1. 오늘 떠오른 엄마와의 기억 한 장면

_____

_____

_____

_____

_____

2. 그 기억 속 어린 나는 어떤 표정을 하고 있었나요?

_____

_____

_____

_____

3. 지금의 내가 그때의 나에게 해주고 싶은 말은?

_____

_____

_____

_____

_____

4. '엄마'라는 이름이 오늘 내 삶에 남긴 흔적은 무엇인가요?
(예: 아이를 위해 만든 반찬, 손끝에 남아 있는 아이 로션 향기,
차곡차곡 접어둔 작은 옷가지)

_____

_____

_____

_____

5. 앞으로 관계를 조금 더 부드럽게 만들기 위해 내가 할 수 있는 작은 실천
(예: 고마운 순간 바로 말하기, 고개 끄덕이며 끝까지 듣기, 재촉하지 않고 기다려주기)

_____

_____

_____

_____

4장

다시 나로 서기 위한 작은 회복들

1.

삐뚤어도 중심은 잡고 간다

이상하다. 카트가 똑바로 가지 않는다. 자꾸 오른쪽으로 간다. 바나나, 두부, 콩나물에 방금 대파 한 단 넣었을 뿐인데. 현이를 카트에 앉혀서 그런가. 감자를 고르느라 카트를 잠시 세웠는데 또 오른쪽으로 쏠렸다. 어느새 내 카트가 마트 복도 한가운데 떡하니 서서 길을 막아버렸다. 반대편에서 오던 사람이 내 카트를 살짝 밀며 지나갔다. 죄송하다는 말을 건네며 급히 카트 손잡이를 잡아당겨 내 옆에 세웠다. 우유, 요구르트, 참치캔… 물건이 하나둘 담길수록 카트는 더 심하게 오른쪽으로 기울었다. 똑바로 미는 게 점점 힘들어졌다. 오른손에 힘이 절로 들어갔다.

"엄마, 이상해. 카트가 똑바로 안 가."

윤이가 말했다.

"맞아. 자꾸 옆으로 가."

카트에 타고 있는 현이도 한쪽으로 기우는 걸 느낀 모양이다. 바퀴를 살폈다. 앞으로 밀 때마다 오른쪽 앞바퀴가 빙그르르 헛돌았다. 어쩐지. 두 손으로 손잡이를 단단히 잡고 밀어도 자꾸 한쪽으로 쏠렸던 이유가 바퀴 때문이었다. 다른 카트로 바꿀까, 잠시 고민했다. 그러려면 1층 카트보관소까지 가야 한다. 현이는 카트에 타고 있으니 상관없을 듯했다. 하지만 윤이는 1층까지 나와 같이 걸어야 한다. 왔던 길을 돌아 에스컬레이터를 타고 올라가 새 카트를 가져와 다시 식품 코너로 와야 한다. 아이를 달래며 그 과정을 반복하기엔 번거롭고 귀찮았다.

아직 장을 덜 봤는데 어쩌지. 무거운 쌀은 다음에 사야겠다고 마음먹었다. 오른손과 어깨가 더 아파지기 전에 얼른 계산하고 집에 가야겠다 싶었다. 집에 가자고 하자 아이들 입이 삐죽 나왔다.

계산대로 향하는 길에 고소한 냄새가 풍겼다. 나도 모르게 냄새가 나는 쪽으로 고개를 돌렸다. 앞치마를 두른 판매원이 시식을 외쳤다. 노릇하게 구운 만두를 반으로 잘라 작은 종이컵에 담아 올려두었다. 세일 할 때 구매하라며 종이컵을 하나씩 건넸다. 아이들이 호호 불며 만두를 먹었다. 판매원은 나를 붙잡고 설명을 이어갔다. 쌀로 빚은 만두피에 친환경 채소가 들어갔다고 했다. 특별히 서비스 하나 더 주겠다면서 증정품을 만두 봉지에 테이프로 둘둘 말아 붙여 건넸다. 쇼핑리스트에는 없었는데 어느새 카트 안에 만두 세 봉지가 담겼다.

만두 코너를 지나니 이번엔 정육 코너다. 반값 판매 중인 불고기를 맛보라는 소리가 들렸다. 철판 위에 불고기가 익고 있었다. 직원은 미소를 지으며 구운 고기를 종이컵에 담아 건넸다. 윤이는 꾸벅 인사하며 받아 들었다. 밑면을 톡톡 두드려 고기를 입에 넣었다. 현이도 먹고 싶다며 발을 동동 굴렀다. 이쑤시개로 고기 한 점 들어 식힌 뒤 입에 넣어줬다. 둘 다 고개를 끄덕이며 맛있다고 했다. 아이 엄마도 먹어보라며 직원이 종이컵 하나를 내밀었다. 마음이 약해졌다. 불고기 한 팩. 그것도 그램 수가 제일 많이 든 걸로 골라 카트에 담았다.

분명 30분 전까지만 해도 빨리 계산하고 집에 가려 했다. 그런데 시식 코너 앞에서 멈췄다. 아이들이 맛있게 먹으니 하나 담고, 내 몫까지 챙겨주니 또 담았다. 카트는 금세 가득 찼다. 만두, 불고기뿐 아니라 우유와 과일까지 담았다. 필요한 것만 사려 했는데 계획보다 많이 담았다. 더 돌아다니다가는 마트에 있는 물건을 다 담을 기세였다. 묵직해진 카트를 밀어 계산대로 향했다.

에스컬레이터에 오르자, 카트가 내 쪽으로 미끄러졌다. 원래라면 자석처럼 에스컬레이터 바닥에 붙어있어야 할 바퀴가 고정되지 않았다. 카트 앞쪽 의자에 앉은 현이가 다칠까 두 손으로 손잡이를 꽉 잡았다. 두 발을 벌리고 몸으로 카트를 버텼다. 잠시라도 힘을 풀면 카트가 내 쪽으로 쏠릴 것 같았다. 올라가는 20초가 길게 느껴졌다. 1층에 닿자, 카트를 힘껏 밀었다. 구석에 카트를 세우고 잠시 손을 풀었다. 주먹을 쥐었다 폈다 몇 번 하니 하얗던 손바닥에 혈색이 돌아왔다.

물건은 쏟아지지 않았다. 무엇보다 현이가 다치지 않았다. 바퀴는 계속 빙그르르 제멋대로 돌았다. 방향을 잡아가며 계산대로 갔다. 결제를 마치고 주차장으로 올라가 짐을 실었다. 어깨가 뻐근했지만, 장보기는 무사히 끝났다.

똑바로 가지 않는 카트를 밀다 보니 내 삶과 닮아 있다는 생각이 들었다. 헛바퀴 도는 바퀴처럼 나도 제자리만 맴돌고 있었다. 변화를 바라면서도 한 발 내디딜 용기를 내지 못했다. 무언가를 새로 시도한 게 언제였더라. 기억이 나지 않는다. 변화를 바라면서도 늘 제자리걸음뿐. 그 자리에 머물러 있다. 별일 없는 나날은 어쩌면 당연한 결과였다.

삶에도 오르막과 내리막이 있다. 몸과 마음이 무거울 때가 있고 가벼울 때도 있다. 흔들릴 때도 있고 다시 일어설 때도 있다. 모든 일을 매번 완벽하게 해내긴 어렵다. 순탄한 성공은 생각보다 드물다. 그보다 내가 어디로 향해 가고 있는지, 방향을 잃지 않는 게 더 중요하지 않을까.

헛바퀴 도는 카트를 밀며 장보기 미션을 마쳤다. 서툴고 흔들려도 중심만 잘 잡으면 원하는 곳에 닿을 수 있다. 크게 나아가지 않아도 괜찮다. 방향이 분명하다면.

지친 마음에 놓는 한 줄

속도보다 방향. 느려도 괜찮다.
오늘도 한 걸음, 내일도 또 한 걸음.

2.

엄마와 그림, 배워가는 삶

부모님 댁 현관문을 열면 정면에 수묵담채화 한 점이 걸려 있다. 목이 긴 백자 화병에 꽂힌 붉은 모란 두 송이. 한 번의 붓놀림으로 그린 화병, 붉은 꽃잎과 초록 잎사귀가 어울려 단정하다. 엄마의 작품이다. 집안 곳곳에 동양화가 걸려 있는데, 그중에서도 엄마가 그린 모란화를 가장 좋아한다. 풍성한 꽃을 바라보고 있으면 모든 걸 품어주는 느낌이다. 엄마 품 같다.

내 방이었던 곳은 이제 엄마의 공간이 되었다. 취업하고 결혼하면서 대부분의 물건을 정리했다. 책이나 옷처럼 추억이 담긴 것만 지금의 집으로 가져왔다. 빈 책장과 옷장은 엄마의 물건으로 채워졌다.

책장 맨 아래 칸에는 엄마 교직 생활의 기록이 있다. 두 번째와 세 번째 칸에는 문인화 관련 책들이 빼곡하다. 작품집과 국전(대한민국 미술 전람회)에서 입상한 작품 도록이 꽂혀있다.

책상 서랍에는 미술 도구가 가득하다. 먹, 벼루, 문진, 깔개 같은 서예 용품과 물감, 접시, 물통의 채색 용품 그리고 화선지 뭉치가 있다. 붓걸이에는 크기별로 여러 자루의 붓이 걸려 있다. 찬상 밑에는 수십 장의 습작 화선지가 쌓여 있다. 은은한 먹 냄새가 방안에 감돈다. 방 오른쪽에는 국화와 바위가 그려진 화선지가 넓게 펼쳐있다. 내 키보다 큰 종이다. 엄마는 몇 시간이고 바닥에 앉아 그림에 몰두하셨을 테다.

엄마는 미술에 관심이 많으셨다. 어릴 때를 떠올리면 엄마는 늘 무언가를 만들거나 그림을 그리셨다. 동생과 함께 엄마를 따라 학원에 간 기억이 있다. 우리는 미술학원에서 그림을 배웠고 엄마는 옆 공방에서 지점토 공예를 배우셨다. 우리 수업이 항상 먼저 끝났다. 수업을 마치고 엄마에게로 가면 엄마는 뭔가를 열심히 만들고 계셨다. 작품 활동을 하는 동안 나와 동생은 지하상가 계단을 오르내리며 놀았다. 집에 가자고 조르면 엄마는 500원을 쥐여줬다. 과자 사 먹고 조금만 더 기다려 달라고 하셨다. 음료수와 과자 한 봉지 나눠 먹고 술래잡기를 했다. 공방 유리창 너머로 보이던 엄마와 하얀 지점토에 물든 손이 눈에 선하다. 엄마의 작품 중 가장 기억에 남는 건 뻐꾸기 벽시계다. 지점토로 빚은 자스민꽃이 가득한 보라색 시계. 뻐꾸기가 더 이상 문을 열고 울지 않을 때까지, 그 시계는 우리 집의 시간을 알려줬다.

등나무 공예도 하셨다. 선반이나 탁자, 바구니 같은 장식품을 만드셨는데 그중 어항이 기억에 남는다. 그 어항에 금붕어 열 마리를 키웠다. 밥을 줄 때마다 우리 엄마가 만든 어항이라며 금붕어에게 자랑하곤 했다.

그림도 그리셨다. 수채화, 유화, 크로키, 소묘까지 다양했다. 주말이면 나와 동생은 엄마 앞에 앉아 부탁했다. 동생에게는 좋아하는 캐릭터를, 나에게는 종이 인형 옷을 그려주시곤 했다.

엄마가 다시 교사가 되고 나서는 예전처럼 자주 그림을 그리지는 못하셨다. 그래도 미술에 대한 열정은 이어졌다. 미술 동아리를 운영하고 학생들을 가르쳤다. 교실 환경 꾸미기도 진심이었다. 엄마 교실을 가본 적 있다. 미술관에 온 듯했다. 게시판 한쪽에는 학생 작품이 전시되어 있었다. 나머지 공간은 계절이나 명절 콘셉트에 따라 꾸며졌다. 게시판뿐 아니라 벽에도 창문과 사물함, 교실 곳곳에 엄마의 손길이 가득했다. 감탄이 절로 나왔다. 요즘은 교실 미화 용품을 쉽게 구할 수 있지만 그때는 모든 걸 직접 만들어야 했다. 엄마는 생활 속 재료로 그림을 그리고 장식을 제작했다. 휴지와 신문지로 나무를 표현했다. 색종이와 펠트로 새와 꽃, 풀을 만들었다. 계절이 바뀔 때마다 교실 게시판도 새 옷을 입었다. 그렇게 교실을 꾸미며 엄마는 예전의 감각을 놓지 않으셨다.

고등학생이 되었을 때다. 수학 학원에 나를 데려다주고 돌아가던 길, 엄마는 우연히 문인화 화실을 발견하셨다. 이끌리듯 안으로 들어가 등록했고 그날부터 그림을 배우기 시작하셨다.

"지영아, 엄마 이제 화실 다닌다. 문인화를 배우기로 했어. 너무 설레."

엄마는 보석을 발견한 사람처럼 들떠 보였다.

나는 학원에서, 엄마는 화실에서 각자의 시간을 보냈다. 집으로 돌아가는 차 안에서의 10분이 기다려졌다. 엄마는 그날 배운 것과 연습한 것을 들려주셨다. 선이 잘 그려지는 날에는 목소리가 밝았다. 먹색이 뜻대로 나오지 않거나 그림이 마음처럼 그려지지 않을 때는 한숨이 섞였다. 내가 공부하며 느끼는 감정을 엄마도 겪고 계셨다. 우리는 서로를 이해했고 응원했다.

엄마는 문인화를 그리며 자기만의 시간을 가진다. 화실과 집에서도, 주말에도 붓을 드신다. 같은 그림을 수십 장씩 반복해 그리며 연습한다. 바닥에 수북이 쌓인 화선지만큼 엄마의 실력도 깊어졌다. 여러 대회에 출품해 상을 받았고 대한민국 미술대전에서도 성과를 냈다. 언젠가 개인전을 열고 싶다고 하셨다. 그 꿈을 이루실 거란 걸 믿는다.

엄마를 보며 나를 돌아본다. 바쁘다는 이유로 미루고 있지는 않은지. 나중에라는 말로 시간을 흘려보내는 건 없는지. 피곤하다는 핑계 뒤에 숨어 있는 건 아닌지. 내게 필요한 건 한 걸음 내디딜 용기였다.

좋아하는 일을 꾸준히 이어갈 때 삶은 단단해진다. 작은 성취가 쌓일 때마다 자신감이 생기고 여유가 더해진다. 내가 무엇을 좋아하고 어떤 일에 마음이 움직이는지 들여다본다. 언젠가가 아니라 지금. 할 수 있는 만큼 시작한다.

꿈을 향해 걷는다는 사실만으로도 삶은 특별해진다. 배우고 성장하려는 마음이 하루를 더 의미 있게 만든다는 걸 잊지 않기로 한다.

沈惠淑 / 墨菊

沈惠淑 · 墨竹

하루 5분, 워킹맘을 지키는 시간

3.

나의 이름, 나의 존재

윤이가 7개월쯤 되었을 때였다. 거실 바닥에 엎드려 놀고 있는 아이와 눈을 맞추려 나도 엎드렸다. 보들보들한 얼굴을 비볐다. 윤이가 나를 빤히 바라봤다. 마치 내가 엄마라는 걸 아는 듯하다. 볼에 입맞춤하자 윤이가 싱긋 웃었다. "엄마야. 엄마. 엄. 마." 아직 말을 못 한다는 걸 알면서도, 나는 계속 말을 걸었다. 언젠가는 나를 보며 엄마를 부를 것 같아서다.

물 한 잔 마시려고 자리에서 일어서는 순간 아이 입에서 툭하고 단어가 튀어나왔다.

"어엉마."

멈칫했다. 다시 엎드려 윤이 얼굴을 봤다. 한 번 더 말할까 싶어 귀를 기울였다. 윤이는 천진하게 웃더니 어엉마라고 말했다. 아이 입에서 '엄마'라는 말이 나올 때면 세상을 다 가진 기분이었다.

말문이 트이자, 상황은 달라졌다. 그토록 듣고 싶던 '엄마'를 아이들은 시도 때도 없이 외친다. 엄마, 안아줘요. 엄마, 같이 놀아요. 엄마, 배고파요.

엄마, 화장실 가고 싶어요. 엄마. 엄마. 엄마.

세 살이 된 둘째 현이는 나와 모든 것을 함께하고 싶어 한다. 이에 질세라 첫째 윤이도 내 곁을 떠나지 않는다. "엄마, 퀴즈 낼 테니 맞춰봐. 엄마, 우리 같이 보드게임할까? 엄마, 속담 누가 많이 아는지 내기하자." 두 아이가 앞다투어 나를 부른다. 번갈아 상대하려니 정신이 없다. 가끔은 누가 먼저 엄마를 불렀는지를 두고 티격태격하기도 한다. 하루 종일 엄마를 듣다 보니 가끔 내가 '엄마'로 개명된 게 아닌가 싶을 정도다.

육아휴직을 오래 했다. 어린아이들을 돌보며 일을 병행하기가 버거울 것 같았다. 주말부부라 남편의 도움을 받기도 힘들었다. 양가 부모님도 일하셔서 손을 빌리고 싶지 않았다. 그렇게 5년이 흘렀다.

처음에는 좋았다. 아이가 자라는 모습을 곁에서 지켜보는 일은 새로웠다. 하루하루가 신기했다. 둘째가 생겼고 휴직을 계속 이어갔다. 휴직이 길어질수록 경제적 부담이 커졌다. 그래도 복직은 생각하지 않았다. 영유아 시절을 함께 보내는 시간이 돈보다 더 소중하다고 믿었다. 아이들이 의사 표현을 할 수 있고 기관 생활에 잘 적응할 만큼 자랄 때까지 곁에 있고 싶었다.

아이를 키우며 나는 '엄마'라는 이름으로 지냈다. 집안일과 아이들을 돌보는 일에 몰두할수록 내 이름은 점점 희미해졌다. 가끔 우편물 주소에서 이름을 보거나 아이들 서류에 보호자 서명할 때 이름을 쓰는 게 전부였다. 나의 이름을 부르는 사람도, 나를 소개할 일도 거의 없었다. '저기요' 아니면 '누구 엄마' 같은 호칭이 더 익숙했다.

복직하는 날, 새로 발령받은 학교로 갔다. 머릿속은 걱정뿐이었다. 잘 적응할 수 있을까, 업무 감각은 떨어지지 않았을까, 복직하면 아이들을 세심히 돌보기 힘들 텐데 어쩌지. 머리가 지끈거려 손가락으로 관자놀이를 꾹 눌렀다. 길게 숨을 내뱉은 후 교무실로 들어갔다. 짧은 인사 후 교감이 건넨 업무 분장 희망원을 받았다. 첫 칸은 인적 사항을 적는 자리였다. 내 이름 석 자를 쓰는 데 손끝이 어색했다. 글씨를 오랫동안 쓰지 않아서인지, 오랜만에 내 이름을 마주해서인지 알 수 없었다. 낯설었고 또 새로웠다. 잠시 후 시청각실에서 전입 교사 소개가 있었다. 차례가 가까워졌다. 심장이 빠르게 뛰었다. 내 이름이 불리자, 가슴이 쿵쿵 요동쳤다. 마이크를 건네받았다.

"안녕하세요. 반갑습니다. 황지영입니다."

짧은 인사로 떨리는 마음을 감췄다. 그런데 이상하게도 설렜다. 내 이름을 말하는 순간, 잊고 있던 나를 되찾은 듯했다.

일을 시작하고 나서는 하루에도 수십 번 내 이름을 듣는다. 학생들도 교사들도 "지영 선생님."이라 불렀다. 그제야 실감이 났다. 엄마로 지냈던 동안 나는 잠시 나를 잊고 있었다. 엄마 역할 외에도 나의 인생이 있다는 걸 깨달았다.

어릴 적엔 내 이름이 흔하다고 여겼다. 조금 더 세련되고 특별한 이름을 갖고 싶었다. 복직 후, 내 이름을 찬찬히 되새겨보았다. 지혜 지(智), 빛날 영(暎). 지혜롭게 빛나는 사람. 부모님께서 내게 참 좋은 이름을 주셨다. 누군가 내 이름을 부를 때마다 나는 나를 확인한다. 특별하고 소중한 존재임을 다시 느낀다.

학교에서는 교사라는 이름으로 살아간다. 학생들이 스스로 생각하고 의미를 찾도록 돕는다. 언젠가 어딘가에서 반짝일 학생들을 바라며 따뜻한 마음을 건넨다.

집에서는 엄마로 불린다. 아이들과 웃고 이야기하며 행복을 쌓는다. 내가 가진 지혜와 사랑이 아이들에게 닿기를 바란다. 미래를 꿈꾸고 그 꿈을 이루는 사람으로 자라길 바란다.

이름이 불릴 때마다 '나'라는 존재를 잊지 않으려 한다. 이름의 뜻처럼 지혜롭고 빛나게 살고 싶다. 내가 가진 것을 나누고 내가 할 수 있는 일을 해내며 이름에 걸맞게 살고 싶다. 그것이 결국 나를 사랑하는 길이다.

4.

천천히 걷고, 조금씩 회복하는 일

"엄마, 현이 보물 상자 누르고 싶어."

설거지 마치고 돌아선 나에게 둘째가 말한다. 충전 중인 휴대전화를 건넸다. 두 손으로 받아쥐고는 능숙하게 화면을 연다. 노란색 보물 상자를 톡톡 손가락으로 누른다. 뽀롱뽀롱 소리와 함께 상자 옆 숫자가 줄고 동전이 쌓인다.

만보기 앱은 하루 걸은 수에 따라 포인트를 쌓을 수 있다. 현이는 보물 상자를 터치하는 재미에 빠졌다. 매일 톡톡 눌러 캐시를 적립한다. 보물 상자를 몇 번 눌렀더니 더 이상 동전이 나오지 않았다. "힝. 더 하고 싶은데."라며 입을 삐쭉 내민다. 오늘 엄마가 걸은 수만큼 누를 수 있다고 말했다. 내일 또 누를 수 있다고 알려주자, 현이가 금세 웃었다.

"엄마, 내일은 더 많이 걸어야 해. 그래야 내가 보물 상자를 많이 누를 수 있잖아."

아이와 새끼손가락을 걸며 만 보 걷기를 약속한다.

걷기 운동을 시작하게 된 이유는 무릎 통증 때문이다.

아이들을 재우고 거실 정리를 할 때였다. 장난감을 줍다가 순간 무릎이 찌릿했다. '아약' 하고 소리를 지르며 무릎을 감쌌다. 약 보관함으로 기어가 파스를 꺼내 무릎에 붙였다. 며칠 동안 아프다 말다 반복되더니 괜찮아졌다.

금요일 저녁. 바닥을 닦고 일어서는데 순간 삐끗했다. 그대로 주저앉았다. 무릎을 부여잡고 울었다. 제대로 걷지 못했다. 발 디딜 때마다 전기 충격을 받는 듯이 아팠다. "아야, 아야."하고 신음하는 나에게 아이들이 다가왔다. 나의 오른쪽과 왼쪽 옆에 앉아 조심스레 내 다리를 주물렀다. 작은 손에서 전해지는 따뜻한 온기에 조금씩 괜찮아지는 듯했다.

몇 시간 뒤 남편이 집에 왔다. 허리와 무릎을 만지며 아파하고 있는 나를 보고 남편은 병원에 가보라고 했다. 주말에 진료하는 정형외과를 검색해서 알려줬다. 일찍 잠자리에 들었지만, 통증 때문에 잠을 설쳤다. 아침에 침대에서 일어나려는데 무릎이 잘 펴지지 않았다. 겁이 났다. 곧바로 병원으로 갔다.

엑스레이 사진을 보더니 의사는 무릎 염증이 심하다고 말했다. 아이를 키우냐는 질문에 아들 둘 키운다고 하자 의사는 고개를 끄덕였다. 아이를 안고 다니는 동작이 무릎에 무리를 준다고 했다. 관절을 최대한 덜 쓰라고 말을 덧붙였다. 다음 엑스레이 사진을 보더니 의사가 고개를 갸웃거리며 말했다. 무릎보다 허리가 더 아프지 않냐고, 상급 병원에서 정밀검사를 받기를 권했다. 무릎과 허리 모두 확인해 보라고 했다.

다리가 욱신거리는 게 무릎 때문인 줄 알았는데 허리도 문제였나보다.

수납을 마치고 나오는데 병원 출입문 유리에 내가 비쳤다. 절뚝거리며 걷는 모습에 눈물이 핑 돌았다. 처방받은 약을 먹고 주말 동안 누워 있었다.

대학병원의 가장 빠른 예약은 두 달 뒤였다. 엑스레이를 다시 찍고 진료를 받았다. 결과는 척추가 휘어 돌아갔고 허리뼈 4번과 5번에 디스크가 있었다. 아프지 않았냐는 의사가 물음에 예전부터 쭉 아파서 늘 그러려니 하고 살았다고 말했다. 응급은 아니라서 수술 대신 주사와 약물치료부터 시작하자고 했다. 재활치료는 집 근처 정형외과에서 받기로 했다. 물리치료와 도수치료를 매주 받았다. 치료받을 때마다 몸이 견디지 못했다. 몸을 구부리거나 펴는 순간마다 비명이 터졌다. 뻣뻣한 몸은 나무토막 같았다. 어깨는 말리고 등은 굽어 어떤 자세도 힘들었다. 균형 잡지 못하고 흔들리며 버둥댔다. 숨도 제대로 쉬지 못해 신음만 새어 나왔다. 물리치료 시간이 빨리 지나가기만을 바랐다. 예약을 잡을 때마다 망설였다. 치료받는 게 아파서 그만할까 싶다가도 그러다 몸이 더 나빠질까 두려웠다. 수술만은 피하고 싶었다.

치료에 드는 비용이 만만치 않았다. 2년 넘게 물리치료와 약물치료를 이어갔다. 약에 의존하는 느낌이 싫어 통증이 심할 때만 진통제를 먹었다.

언제부턴가 앉았다가 일어날 때 가뿐히 일어난 적이 없었다. '으샤' 하고 추임새를 넣으며 몸을 일으켰다. 아이들과 눈높이를 맞추느라, 장난감 정리와 집안일하느라, 허리와 무릎을 굽히고 펴는 일이 하루에도 수백 번이다. 허리는 욱신거리고 무릎은 찌릿했다. 잠깐 아프다 지나갈 줄 알았다. 다리가 잘 움직이지 않는 순간이 되어서야 아차 싶었다.

아이를 키우느라 나를 돌보지 않았다. 체력이 예전만 못한 걸 알면서도 외면했다. 카페인 없이는 하루를 못 버텼다. 잠이 부족해 온종일 멍했다. 무거운 짐을 들거나 조금만 무리해도 며칠씩 쉬어야 했다. 숨이 턱끝까지 차올라 가슴이 터질 듯했던 순간이 언제였는지 기억조차 희미하다.

더는 이렇게 지낼 수 없었다. 나 말고 누가 나를 챙기겠는가. 작은 것부터 시작했다. 아침에 눈을 뜨면 제일 먼저 다리를 쭉 뻗어 스트레칭했다. 일어나서는 미지근한 물 한 잔 마시고 크게 기지개 켜며 하루를 시작했다. 병원 치료도 거르지 않았다. 집에서 재활 운동도 틈틈이 했다. 무릎 통증은 사람마다 다르므로 나의 몸에 맞는 운동법을 찾는 게 중요하다. 여러 시도 끝에 내게 맞는 운동을 찾았다. 그건 바로 걷기였다.

걷기는 어디서든 할 수 있다. 준비물도 필요 없다. 문제는 시간이었다. 아이들이 있어 따로 운동 시간을 만들기 어려웠다. 그래서 짬짬이 걷기로 했다. 짧게 나눠 걷다 보니 얼마나 걸었는지 확인하기 힘들었다. 하루 전체 걸음을 확인하는 게 편할 것 같았다.

만 보 걷기를 목표로 삼았다. 한 번에 만 걸음을 걷는 건 부담이지만 생활 속에서 채우기는 어렵지 않았다. 걷고 확인하고 기록했다. 매일 이어가자 조금씩 변화가 왔다. 무릎 통증이 줄었다. 팔을 흔들며 척추를 세우니 허리도 조금씩 펴졌다. 호흡이 편해졌고 기분도 나아졌다. 상체를 곧게 세우는 것만으로도 자신감이 되살아나는 듯했다.

통증이 줄자 주변이 다시 보였다. 아플 때는 가족도 집안일도 뒷전이었다. 몸이 회복되자 흐트러진 일상이 하나씩 정리된다. 나를 돌보는 일이 곧 가족을 지키는 일이라는 걸 깨달았다. 내가 무너지면 삶도 무너진다. 결국 내가 나를 챙겨야 한다.

휴대전화 화면을 터치했다. 9,272걸음. 800걸음 남았다. 재활용 분리수거를 다녀오면 만 보가 채워질 듯했다.

"엄마 분리수거하고 올게. 그러면 현이 보물 상자 여덟 번 더 누를 수 있겠다. 갔다 올게."

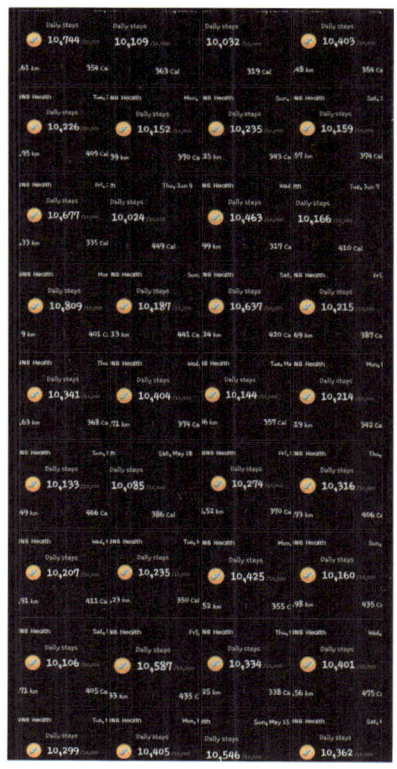
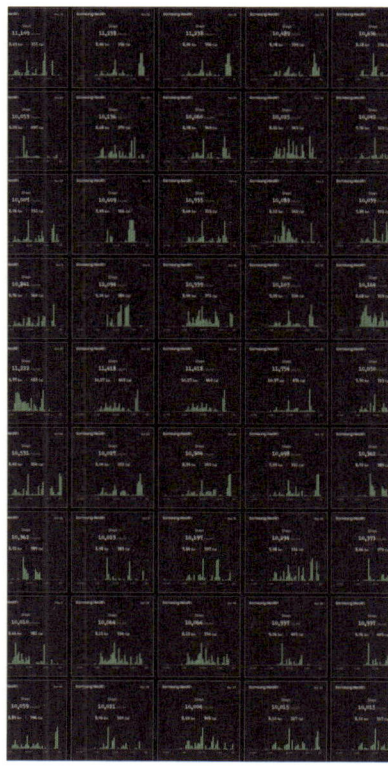

5.

잠깐이어도 괜찮아

1교시 수업을 마치고 휴대전화를 열었다. 교보문고 앱을 눌러 오늘의 미션을 확인한다.

매일 아침 9시가 되면 새로운 미션이 열린다. 책 소개나 추천 도서를 보면 e-교환권이 적립된다. 출석 체크를 하면 포인트가 쌓인다. 도서 리뷰를 쓰면 할인 쿠폰이나 포인트가 생긴다. 보통은 천 원 남짓이지만 이벤트가 있는 날에는 금액이 커진다. 쿠폰과 적립금이 어느 정도 쌓이면 책을 산다. 장바구니에 담아 둔 책 중 한두 권 골라 결제한다. 주문 완료 알림을 확인한다. 배송 조회 창을 열어 도착 시간을 가늠해 본다. 매일 교보문고 앱에 접속한다. 다시 책을 다시 잡으면서 생긴 습관이다.

예전에는 아이들 동화책만 샀다. 요즘은 나를 위한 책도 함께 고른다. 주로 독서 모임에서 추천한 책이나 문장 공부방에 소개된 신간이다. 책이 늘어나 '자이언트 전용 책장'을 마련했다. 책장에 가지런히 꽂힌 책들. 색색의 책등을 훑으며 제목을 읽는다. 자기 계발 도서에서 용기를, 에세이에서 위로를 얻는다.

여덟 살 때 우리 가족은 새 아파트로 이사했다. 처음으로 내 방이 생겼다. 오른쪽에는 침대, 가운데는 책상, 왼쪽엔 책장이 놓였다. 책장 가장 높은 칸은 내 손이 닿지 않았다. 그곳엔 아빠의 조선왕조실록 세트와 엄마의 소설책과 육아서가 꽂혔다. 부모님은 아래 칸을 비워 두셨다. 읽고 싶은 책으로 채워보라고 말씀하셨다.

아파트 입구에 작은 서점이 있었다. 주말마다 부모님과 들렀다. 아동 도서 코너에서 이 책 저 책 꺼내 펼쳐봤다. 부모님은 충분히 기다려주셨다. 사고 싶은 책이 많았지만, 한 권만 허락됐다. 다 읽으면 새 책을 선물해 주셨다. 어린이날이나 생일이면 두세 권 더 사주셨다.

책장 채우기는 퍼즐 놀이 같았다. 처음엔 좋아하는 책만 읽었다. 점차 세계 명작, 고전, 위인전, 역사, 과학 등 분야별로 다양하게 골랐다. 칸을 나눠 종류별로 책을 꽂았다. 한 권씩 채우는 재미가 있었다.

사촌 동생들이 놀러 오면 도서관 놀이를 했다. 사서가 되어 책을 추천했다. "이건 그림이 재미있어. 저 책은 우주여행에 관한 거야."라고 소개하며 동생들에게 책을 빌려주었다. 책 뒷면에 종이를 붙여 대출일과 반납일을 적었다. 알록달록 책으로 가득한 책장은 내 방을 특별하게 만들었다.

고등학생이 되면서 책과 점점 멀어졌다. 책장을 다 채워서였을까. 책 읽는 데 시간이 걸려서일까. 뻔한 핑계를 대자면 공부 때문이다. 책장 가운데를 차지했던 세계 명작 소설은 구석으로 밀려났다. 그 자리에 자습서와 문제집을 꽂았다. 시간이 지날수록 소설책 자리는 줄었고 학습지와 참고서는 늘어났다.

대학생이 되어서도 달라지지 않았다. 책장은 교과서에서 전공 서적으로만 바뀌었을 뿐, 소설책 자리는 없었다. 책을 산 기억도 가물가물했다. 약속 장소가 교보문고이면 친구를 기다리다 잠깐 서점을 둘러보는 정도였다. 베스트셀러 전시대 앞에서 잠시 멈춰 책 한 권 집어 훑어보는 게 전부였다. 새해마다 독서를 다짐했지만, 손에는 늘 스마트폰이 들려있었다.

교사가 되었다. 평소 점심시간이면 급식 지도와 상담 또는 밀린 업무로 늘 분주했다. 그날은 수업 교체 덕분에 오후 수업이 없었다. 동료 교사가 점심을 먹고 도서관에 간다며 같이 가자고 했다. 본관만 오가던 나는 별관 도서관이 궁금해서 따라갔다.

별관은 본관에서 떨어진, 오래된 건물이었다. 문손잡이를 밀자 요란한 소리가 났다. 문이 열리자 공기가 달라졌다. 붉은 고무 계단 손잡이, 물결진 유리창, 회색빛 알루미늄 샷시, 세라조 타일 바닥, 칠이 벗겨진 회백색 벽. 퉁퉁 울리는 발소리까지 더해지니 옛날로 돌아간 듯했다.

도서관은 생각보다 넓었다. 짙은 갈색 책장이 줄지어 있었다. 구석 책장을 훑다 눈길이 멈췄다. 닳은 모서리, 빛바랜 노란 표지. 『어린 왕자』였다. 어릴 때 아빠가 크리스마스에 사주신 그 책과 같았다. 세상이 멈춘 듯했다. 책을 펼쳤다. 종이 냄새, 사각거리는 질감, 보아뱀과 바오밥나무 그리고 장미와 소행성 B612 그림. 잊었던 추억이 되살아났다. 책이 다시 나를 불렀다.

그날 이후 틈틈이 책을 펼쳤다. 늘 시간에 쫓겨 살아가는 듯해도 잠깐의 틈은 생겼다. 그 시간을 흘려보내기 아쉬워 손에 책을 든다. 점심시간이나 아이들 하원 차를 기다릴 때 또는 병원 대기실에 앉아 있을 때면 스마트폰 대신 책을 펼친다. 얼마나 읽을 수 있을까 싶지만 제법 여러 장 읽는다. 짧게는 3분 길게는 10분 이상 집중할 수 있다.

짧은 독서는 일상 속 작은 쉼표가 된다. 책을 읽는 동안 나를 돌아보며 마음에 여유를 얻는다. 책 속 이야기는 내 삶에 새로운 시선을 더한다. 예전에는 쉽게 단정 짓거나 섣불리 판단했다. 이제는 한 걸음 물러서서 바라본다. 누군가의 말과 행동 뒤 맥락을 살피고 의미를 찾으려 노력한다. 타인의 말에 귀 기울이고 나와 다른 생각도 이해하게 된다.

요즘은 일부러라도 책을 펼치려 한다. 마음이 분주할수록 머릿속이 복잡할수록 책을 찾는다. 단 한 페이지라도 읽고 나면 조금은 정리된다. 바쁘게 흘러가는 하루 속에서도 책 한 줄이 나를 멈춰 세운다.

틈새 독서를 하면서 읽고 싶은 책이 늘어난다. 세계 책의 날을 맞아 교보문고에서 도서 이벤트가 진행 중이다. 장바구니에 90권 가까운 책이 담겨 있다. 그중 독서 모임 선정 도서 한 권과 어젯밤 저자 특강을 듣고 담아 둔 예약 도서 한 권을 선택했다. 예약 도서 같은 경우, 입고 후 배송이 시작되기에 며칠을 더 기다려야 한다. 그 기다림마저 즐겁다. 책이 도착하기를 기다리며 나는 다시 틈을 찾아 책장을 넘긴다.

지친 마음에 놓는 한 줄

책 속에 머무는 시간. 짧아도 괜찮다.
마음이 가라앉고 생각이 정리된다. 삶은 조용히 균형을 찾는다.

6.

오늘은 몇 번 만에 읽을까?

아, 또 헷갈린다. 스펠링이 맞는지 몇 번이나 써보지만 확신이 없다. '아, 정말 바보 같아.' 혼잣말하며 결국 스마트폰에 어학사전을 켜서 검색했다. 처음 썼던 스펠링이 맞았다. 보석류나 장신구를 뜻하는 단어 jewelry. 이 단어는 매번 헷갈린다. 무심코 쓰다 보면 jewerly로 적기 쉽다. 영어 공부를 손 놓았더니 알고 있던 단어조차 낯설다.

휴직 동안 '학교'와 관련된 것은 멀리했다. 일에 치여 살던 때를 떠올리면 숨이 막혔다. 휴직 기간만큼은 일이나 공부 같은 단어조차 떠올리지 않겠다고 결심했다. 그런데 복직을 석 달 앞두그 발등에 불이 떨어졌다. 기초 영어 단어는 물론 숙어와 문법까지 싹 잊은 듯했다. 머릿속이 백지처럼 비었다. 다시 잘할 수 있을까. 걱정이 스멀스멀 올라왔다.

결혼 전에는 학교 일이 전부였다. 어렵게 교사가 된 만큼 잘하고 싶은 마음이 컸다. 보통 밤 8시가 넘어 업무를 마치는 날이 많았다. 그때는 사교육비 절감과 교육 양극화 해소를 내세우며 학교마다 방과후학교 운영에 힘을 쏟았다. 내가 근무하던 학교는 방과후학교 종합반을 운영했다. 일주일에 한두 번은 밤 10시를 넘겨 퇴근했다.

교재 연구를 소홀히 하면 불안했다. 수업이 엉망이 될까 하는 최악의 시나리오를 떠올리며 학습 자료 제작에 집착했다. 학생들이 지루해하지 않도록 교재 연구에 많은 시간을 쏟았다. 방과후에 오는 학생과 학부모의 상담 연락도 놓치지 않았다. 수업과 업무, 교재 연구와 상담만으로도 벅찼다. 일은 줄지 않고 계속 늘어났다.

교육정책은 끊임없이 바뀌었다. 새로운 업무가 생겼고 누군가는 맡아야 했다. 어느 부서가 담당할지, 어느 교과가 진행할지 눈치 싸움이 치열했다. 나는 국제 교류 업무에 방과후수업까지 맡아 매일 늦게 퇴근했다. 여기에 새로운 업무까지 더하면 감당하기 어려울 지경이었다. 업무가 편중되었으니 업무 분배나 대안을 말할 수도 있었다. 그러나 목소리를 높이기보다 '차라리 내가 하고 말지.'라고 먼저 생각했다. 거절하지 못하고 '네.'만 말하는 사람이 되었다. 일은 자연스레 내 쪽으로 몰렸다.

목은 늘 부어있었다. 쉰 목소리라도 나오면 다행이었다. 어지러워 핑그르르 도는 날도 잦았다. 몸은 여기저기 돌아가며 아팠다. 쉬고 싶지만 쉴 수 없었다. 병가를 내겠다는 말조차 꺼내기 힘들었고 조퇴하고 병원에 가는 일도 눈치 보였다. 연가는 그림의 떡이었다. 내가 쉬면 다른 누군가가 내 수업까지 대신해야 했기 때문이다. 교무실에 제일 늦게까지 남아 일했다. 못다 한 일은 바리바리 싸 들고 집에 왔다. 퇴근은 했지만 일은 끝나지 않았다.

육아휴직은 탈출 같았다. 스스로에게 보상을 주듯 쉼을 선언했다. 학교와 관련된 모든 것은 머릿속에서 지우겠다고 다짐했다. 가르치던 영어도 손에서 내려놓았다.

처음에는 여유를 만끽했다. 출근 준비로 분주할 일도, 수업과 상담의 부담도 사라졌다. 늦은 밤까지 교재 연구에 매달릴 필요도 없었다. 조용한 곳에서 밥을 먹고 느긋하게 커피를 마셨다. 은행과 병원에선 줄을 서지 않아도 되었고 평일 낮의 백화점에서 한적하게 쇼핑도 했다. 일에서 멀어졌다는 사실만으로 마음이 가벼웠다. 그러나 그 여유는 또 다른 무게가 되어 나를 짓눌렀다.

두 아이를 돌보다 보면 하루는 금세 저물었다. 뒤돌아서면 밥하고 또 다음 끼니를 준비했다. 청소와 빨래로 정신없었다. 피곤하다는 이유로 나를 돌볼 시간을 챙기지 못했다.

육아휴직 시작할 때 다짐했다. 아이도 돌보겠지만 나에게 집중하는 시간을 갖겠다고. 그러나 막상 멈춰보니 달랐다. 육아는 끝없이 이어졌다. 나를 위한 시간은 늘 뒤로 밀렸다. 내가 선택해 쉬지 않는 것과 어쩔 수 없이 쉬지 못하는 건 다르다. 내 삶에서 내가 점점 작아지는 기분이었다.

육아휴직 5년을 보내고 복직을 앞두고서야 나를 돌아보게 되었다. 한때 능숙했던 업무 감각은 희미해지고 영어 실력은 바닥으로 내려앉았다. 지금처럼 나를 돌보지 않으면 버티지 못할 거란 생각이 들었다. 잘할 수 있을까. 오만 걱정에 머리가 아팠다. 그때 떠오른 생각은 단순했다. '작은 것부터 다시 해보자.'

책꽂이 구석에 꽂혀있던 EBS 영어 교재를 꺼냈다. 하루 한 페이지씩 읽고 따라 썼다. 며칠 못 가 작심삼일의 기운이 올라왔다. 혼자보다 함께하는 편이 낫겠다 싶어 영어 낭독 스터디 밴드에 가입했다.

휴직 동안 영어책 한 장 넘기지 않았던 결과는 예상보다 컸다. 혀는 굳었고 발음은 어색했다. 연음도 자연스럽지 않았다. 한 페이지 낭독에 열 번, 많게는 스무 번 이상 다시 읽어야 했다. 내가 이렇게까지 영어를 못 읽었나? 자책했지만 인정했다. 오랜 시간 영어 공부를 안 했으니 당연한 일이었다. 조급해하지 말자, 천천히 해보자며 스스로 다독였다. 읽고, 듣고, 녹음하는 과정을 반복했다.

실수해도 괜찮았다. 다시 녹음하면 그만이었다. 물론 지금도 영어 발음은 좋지 않다. 억양과 강세도 어설프다. 녹음된 내 목소리를 들으면 마음에 안 들 때도 많다. 그래도 멈추지 않았다. 매일 한 페이지 영어 낭독 녹음하는 일은 나만의 루틴이 되었다.

영어 낭독은 흐트러진 마음을 세우는 디딤돌이 되었다. 잊고 지낸 나를 돌아보게 했고 매일 나를 돌보는 시간이 되어주었다. 완벽하지 않아도 괜찮다. 중요한 건 매일 한 걸음씩 나아가는 일이다. 무너졌다고 느낀 그때 시작한 영어 낭독이 조금씩 나를 다시 세웠다.

오늘의 페이지를 펼친다. 의학 관련 글이다. 오늘은 몇 번 만에 실수 없이 읽을까. 기대된다.

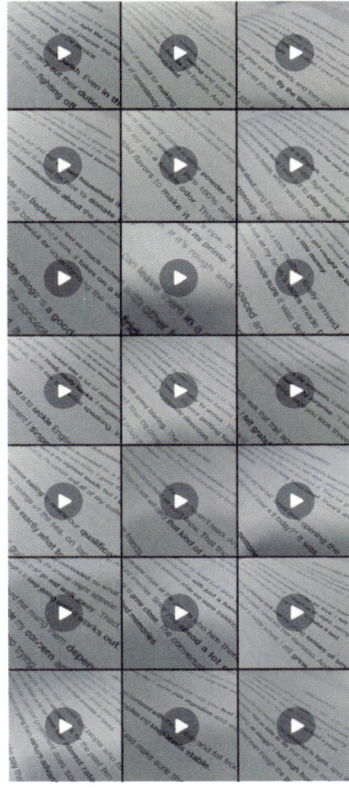

7.

바쁜 하루에도 나를 찾아준 문장들

퇴근 후 아이들을 픽업해 집에 왔다. 저녁 먹고 빨래, 설거지, 알림장 확인, 준비물까지 챙겼다. 이제 아이들만 씻기면 된다. 온라인 강의에 늦지 않으려면 서둘러야 한다. 거실 시계를 보자 아이들이 눈치를 채고 소파에 드러눕는다. 씻기 싫다며 버틴다. 지금 씻어야 머리 말리고 로션도 발라줄 수 있다고 설득했다. 엄마와 조금 더 놀고 씻겠다고 한다. 윤이는 내 팔을 잡아당기고 현이는 등에 매달린다. 후식을 먹고 1시간 동안 팽이를 돌리며 놀았다. 씻자고 하니 더 놀아야 한다고 우긴다. 마음이 조급해진다.

새로 산 바디워시 향이 궁금하지 않냐고 묻자, 관심을 보였다. 이때를 놓치지 않고 아이들 러닝셔츠를 벗겼다. 두 녀석은 웃통 벗은 채 안방으로 달아났다. 침대 위에서 방방 뛰며 깔깔댄다. '이제 그만하고 좀! 씻으러 가면 안 되겠냐?'라는 말이 튀어나올 뻔했지만 삼켰다.

방으로 향했다. 침대 위 이불이 불룩했다. 이불 더미 사이로 꼼지락대는 발가락이 보였다. "어, 이상하다. 윤이랑 현이 어디 갔지?"라며 크게 혼잣말했다. 이불 사이에서 웃음소리가 새어 나왔다. 셋을 세고 이불을 걷자,

아이들이 까르르 웃는다. 옆구리를 간질였다. 한참을 웃더니 윤이가 일어나 현이를 일으켰다. 둘은 손잡고 욕실로 갔다. 침대를 정리하고 뒤따랐다. 강의 시작까지 30분 남았다. 씻기고 준비할 시간은 충분하다.

글쓰기 수업을 듣기 전에는 상상도 못 했다. 예전의 나는 내 시간과 아이들의 시간을 늘 저울질했다. 혼자만의 시간이 간절했다. 아무것도 하지 않고 그냥 앉아 있고 싶었다. 누구도 말 걸지 않는 고요한 시간을 원했다. 막상 내 시간 가지겠다고 마음먹으면 이상하게 죄책감이 따라왔다. "제발. 엄마 그만 부르면 안 되겠냐?"하고 괜히 큰 소리 냈다. 쉬고 싶은 내 마음을 몰라주는 아이들에게 투덜거렸다. 빨리 씻자. 빨리 치우자. 너희는 장난감 가지고 노는데 엄마는 빨래하고 설거지하느라 못 놀잖아. 너희는 TV 보며 쉬는데 엄마는 청소하느라 못 쉬잖아. 내 입에서는 '빨리'와 '못 하잖아'만 흘러나왔다. 작은 일에도 예민하게 반응했다. 엄마 말 좀 들으라며 꽥 소리 질렀다가 금세 미안해졌다. 자책이 반복됐다. 꼭 이런 날에는 일기장을 꺼내게 된다. 일기장 속에는 온통 미안한 엄마오 - 부족한 엄마뿐이다.

우연히 글쓰기 수업을 듣게 되었다. 그 뒤로 조금씩 변하기 시작했다.

교사라는 직업은 다양한 글쓰기를 요구한다. 학습 계획서, 수업과 상담 기록, 생활기록부 작성, 업무 계획서와 보고서, 공문서와 가정통신문 등 매일 글이 따라붙는다. 글쓰기는 쉽지 않다. 늘 막막하고 어렵다. 교사로서 전문성을 키우고 개인적인 성장과 성찰을 위해 글쓰기 강의를 신청했다.

학원이나 연수원에서 직강을 듣고 싶었지만, 워킹맘에게는 쉽지 않았다.

시간 제약이 없는 인터넷 강의를 찾았다. 검색 끝에 자이언트 글쓰기 수업을 발견했다. 화상 회의 플랫폼 Zoom으로 양방향 수업을 진행한다고 했다. 노트북이나 스마트폰만 있으면 충분했다. 어디서든 들을 수 있다. 다만 실시간 강의라 정해진 수업 시간을 맞춰야 했다. 오히려 이 점이 마음에 들었다. 오프라인 수업처럼 생동감 느끼며 집중할 수 있을 것 같았다.

수업 시작 20분 전, ZOOM 회의 링크가 문자로 왔다. 온라인 수업이라 편하게 입장했다. 강사는 화면을 켜고 실명을 쓰라고 했다. 단호한 어조에 부담이 되었다. 오래된 노트북이라 카메라 화질이 흐릿해서 다행이었다. 내 얼굴이 뿌옇게 보였다.

첫날이니 가볍게 들을 생각이었다. 중요한 내용만 필기하려 했다. 그런데 수업은 예상과 달랐다. 강사는 수강생 이름을 한 명씩 부르고 마이크를 켜라고 했다. 인터뷰식 수업이었다. 눈 마주치고 싶지 않아 고개를 숙였다. 2부 강의가 시작되고 내 이름이 불렸다. 잘못 들었나 싶어 화면을 봤다. 강사는 내 이름을 다시 한번 불렀다. 더 크고 또렷하게. 얼굴이 상기되었고 심장이 요동쳤다. "오늘 하루 뭐했나요?"라는 강사의 질문에 쉽게 답하지 못했다. 매일 반복되는 일상에 특별한 게 없었다. 머뭇거리는 내게 강사는 다시 질문했다. "오늘 점심 뭐 드셨어요? 식사하고 나서 뭐했어요?" 질문의 범위가 좁아졌다. 더듬거리며 대답했다. 강사는 나의 이야기를 들으면서 내가 말한 단어 몇 개를 타이핑했다. 그리고 금세 글 한 편을 작성했다.

내 하루가 달리 보였다. 출근하고 일하고 퇴근하고 집안일하고. 시계 톱니바퀴처럼 도는 하루라고 여겼다. 대답하다 보니 작은 순간들이 떠올랐다. 아이들이 일찍 일어난 덕분에 덜 막힌 출근길, 수업 준비하며 마신 커피 한 잔, 아파트 주차장에서 한 번에 주차를 성공한 일. 소소하지만 짜릿한 장면들이 스쳐 지나갔다. 바쁘고 단조롭다고만 여겼던 하루가 사실은 작은 이야기들로 가득 차 있었다.

글쓰기는 일상을 다르게 보게 한다. 그냥 지나쳤던 일이나 짜증 나고 화가 났던 순간에도 의미를 찾게 한다. 놓치고 있던 감정과 이야기가 글 속에서 에피소드로 살아난다. 예전에는 특별한 일이 있거나 감정이 벅찰 때만 일기장을 꺼냈다. 마음을 쏟아낼 곳이 필요할 때만 펜을 들었다. 일기장 한 권 끝까지 써본 적 없었다. 이제는 다르다. 평범한 하루도 기록할 이유가 있다는 걸 알게 되었다. 하루를 돌아보고 그날의 마음을 몇 줄 남기는 일. 이 단순한 습관이 내 삶을 천천히 바꾼다는 걸
한숨부터 나오던 집안일도 가족을 위한 시간이라 생각하니 덜 짜증 난다. 아이들의 웃음에 나도 웃게 되고, 커피 한 잔을 마실 때도 향과 온도, 맛을 천천히 음미한다.
별것 아닌 듯한 소소한 순간들이 모여 삶을 조금씩 단단하게 만든다. 글을 쓰며 어제보다 나은 내가 되고 싶다는 마음이 생겼다. 덕분에 내 삶을 더 아끼고 사랑하게 되었다.

샤워를 마친 아이들이 토끼와 곰 목욕 가운을 걸치고 나왔다. 거울 앞에서 드라이어기로 머리를 말려주었다. 바람에 날리는 머리카락에 아이들이 까르르 웃는다. 나도 따라 웃는다.

아차. 지금 몇 시지? 강의 시작 3분 전이다. 아슬아슬하지만 시간은 맞출수 있겠다. 오늘은 어떤 글을 쓰게 될까.

지친 마음에 놓는 한 줄

글쓰기는 마음을 가지는 일이다. 생각은 부드러워지고 태도는 다정해진다.

8.

주름살이 옅어지다

까칠까칠하다. 손바닥을 비비니 모래 알갱이가 붙어있는 듯하다. '스스 스'하고 손바닥 마찰음이 난다. 마치 종이를 구길 때 나는 소리 같다. 핸드 크림을 꺼냈다. 튜브를 살짝 눌러 손등 위에 짰다. 손바닥과 손등을 교차하 며 펴 발랐다. 흰 크림이 온기에 녹아 부드럽게 스며든다. 손 주름이 덜 도 드라져 보인다. 손이 한결 부드러워졌다.

삶에도 매일 주름이 생긴다. 워킹맘에 주말부부. 독박 육아. 익숙해질 만 도 한데 매번 힘겹다. 아침이면 출근 준비와 등원 준비가 동시에 시작된다. 아이들이 아침밥을 먹는 둥 마는 둥 할 때면 서운하다. 금방 일어나 입맛이 없을 수 있는데 괜히 내가 "한 숟갈만 더"를 외치며 먹였나 싶다. 종일 마음 이 쓰인다.

퇴근하고 집에 돌아오면 한숨이 나온다. 식탁 위 흩어진 밥알, 싱크대에 쌓인 그릇, 소파 위 티셔츠와 양말 한 짝, 바닥에 널브러진 장난감과 뚜껑 이 열린 채 놓여있는 로션. 아침의 흔적들이 고스란히 남아 있다. 물건을 하나씩 정리할 때마다 주름살이 생긴다. 한숨도 불평도 같이 늘어난다.

아이들이 크면 말귀를 알아듣고 자기 일을 알아서 할 거라 믿었다. 살림과 육아도 나만의 노하우가 쌓이면 괜찮아질 거라 여겼다. 긍정적으로 생각하려 애쓰지만, 마음처럼 되지 않는다. 집 안 곳곳에 흩어진 일상의 파편들이 눈에 밟힌다. 살림과 육아 숙제는 끝이 없다. 몸도 마음도 편안해질 날은 언제일까. 시간이 지나면 조금씩 자유로워지겠지 싶다가도 멀게만 느껴진다. 마음이 메말라가는 것 같다.

거울을 보니 낯설다. 얼굴에 주름이 왜 이리 많은지. 눈가와 이마에 주름이 보이고 팔자주름은 더 깊어졌다. 마스크팩 한 개를 꺼내 얼굴에 붙였다. 남은 에센스를 목에 바르고 핸드크림을 덜어 손에 발랐다. 주름이 당장 사라지지 않겠지만, 피부를 위해 뭐라도 해야 할 것 같았다. 10분 뒤 마스크팩을 떼어낸 뒤 에센스가 흡수되도록 손가락으로 가볍게 두드렸다. 얼굴에 윤기가 생긴 듯하다. 손도 부드러워졌다. 깍지를 꼈다 풀기를 반복했다. 피부가 촉촉해지니 마음까지도 보송해진다.

거울을 보며 생각했다. 메마른 피부에 보습제를 바르듯, 살림과 육아의 반복 속에서 지쳐가는 나 자신에게도 보듬는 시간이 필요하지 않을까. 비싼 제품도 많은 시간도 필요 없다. 한 장의 마스크팩과 콩알만 한 핸드크림으로도 충분했다. 잠시 멈춰 내 마음에 보습제를 바르는 것처럼 의식적으로 잠깐 멈춰 한숨 돌리는 시간을 갖기로 했다. 거창한 계획도 긴 시간도 필요 없다. 소소한 거라도 내게 편안함을 줄 수 있다면 그걸로 된다. 일상의 틈새 속에서 할 수 있는 활동. 나는 그것을 '미니 미 타임(Mini Me Time)' 이라고 이름 붙였다.

저녁 식사 후 갓 내린 커피, 설거지하며 듣는 음악, 틈새 독서, 잠들기 전 영어 낭독. 잠깐의 틈이 요란한 마음을 가라앉혔다. 아이들에게 짜증 내는 일이 줄어들고 일에도 더 집중할 수 있다.

매일 나를 챙기는 시간이 쌓이자, 아이들도 그 시간을 인정해 주기 시작했다. 식사가 끝나면 윤이는 커피잔을 건네고 현이는 캡슐을 골라 커피 머신에 넣는다. 내가 커피를 마시는 동안 아이들은 소파에서 TV를 보거나 레고를 맞춘다. 설거지를 준비하면 아이들은 내 휴대전화와 무선 이어폰을 식탁에 올려놓는다. 정리를 마치고 책을 펼치면 아이들도 각자 책을 들고 곁에 앉는다. 잠들기 전 이부자리를 정리하면 아이들은 내게 영어 잘 읽고 오라며 굿나잇 인사를 건넨다.

처음에는 단순히 내 마음을 달래려 시작했다. 나를 중심에 두는 시간이 늘수록 여유가 생겼다. 감정의 폭을 다스리는 힘도 자랐다. 어떤 날은 음악을 들으며 멍하니 앉아 있기도 하고, 또 어떤 날은 바닥을 닦으며 마음을 정리하기도 한다. 언제 행복한지, 무엇이 지친 나를 달래주는지 하나씩 알아갔다. 그 과정을 통해 나를 더 깊이 이해하고 지금의 나를 더 사랑하게 되었다.

워킹맘의 삶은 쉽지 않다. 매 순간이 도전이다. 일과 가정을 동시에 챙기는 일은 때론 무거운 짐처럼 어깨를 짓누른다. 하지만 잠깐이라도 나를 위한 시간을 갖고 나면 마음에 숨 쉴 틈이 생긴다. 나를 챙기는 일이 결국 내 가족을 위한 길이라는 걸 조금씩 깨닫고 있다. 그 시간은 나를 조금 더 너그러운 사람으로 만들어준다.

예전 같으면 잔소리로 아이들을 울렸을지도 모른다. 이제는 숨을 깊게 들이마시며 올라오는 감정을 붙잡을 수 있게 되었다. 아이 눈높이에 맞춰 차분히 설명할 여유도 생겼다. 물론 매번 잘 해내는 건 아니다. 여전히 벅찰 때가 많다. 육아와 살림을 완벽하게 해내지 못하는 내가 작게 느껴질 때가 있다. 모든 걸 내려놓고 훌쩍 떠나고 싶을 때도 있다. 하지만 그런 마음조차 다스리고 나면 나를 더 단단하게 만든다. '미니 미 타임'을 시작하면서 나는 내 안의 균형을 찾아가고 있다. 힘겨운 하루가 지나면 얼굴에 주름 하나 더 늘어날 수 있다. 대신 마음에는 여유가 스며든다. 그래, 오늘도 하루를 해냈구나. 따뜻하게 나를 다독이는 시간은 더 행복한 나로 만들어준다.

지난주 네스프레소 홈페이지에서 시즌 한정 이벤트가 열렸다. 때마침 캡슐이 떨어져서 주문했다. 저녁 먹고 나서 새로 산 커피를 즐길 생각에 설렌다. 오늘은 아이들과 함께 차를 마실 예정이다. 아이들에게는 꿀물을 나는 커피를 마시며 달콤 향긋한 시간을 나누려 한다.

아, 핸드크림 바르는 것도 잊지 말아야겠다.

지친 마음에 놓는 한 줄

Mini Me Time. 나를 다독이는 시간. 나에게 건네는 작은 사랑.

워킹맘 노트 4.

다시 나에게 집중하는 시간

오늘 하루를 돌아봅니다. 정신없다, 바쁘다며 흘려보내진 않았는지 살펴봅니다. 흔들린 감정과 피곤한 몸을 가만히 느껴봅니다. 이 장은 하루 끝에서 잠시 숨을 고르는 시간입니다. 무엇이 나를 지치게 했는지 묻습니다. 스스로 어떻게 돌보고 있는지 적어봅니다. 한 줄이면 충분합니다. 다시 나에게 집중하는 시간입니다. 나를 살피는 질문 하나가 의미 있는 하루를 만듭니다.

1. 지금 내 몸이 가장 먼저 쉬고 싶다고 말하는 부분은?

_____

_____

_____

_____

2. 오늘 감정이 크게 흔들렸다면, 그 이유는 무엇인가요?

_____

_____

_____

_____

3. 나를 돌보는 일에서 요즘 가장 어렵게 느껴지는 것은?

_____

_____

_____

_____

4. 오늘 내가 나에게 보여준 '작은 친절' 하나
(예: 따뜻한 햇살 아래 가벼운 산책, 일과 중 짧게 누린 커피 한 잔,
손에 바른 핸드크림, 작은 실수를 웃어넘긴 여유)

_____

_____

_____

_____

5. 내일을 조금 더 가볍게 만들 아주 작은 실천
(예: 아침에 눈을 뜨자마자 일정 대신 창밖을 한 번 바라보기,
거울 속 나에게 웃어주기, 잠들기 전 즐거웠던 장면 하나 떠올리기)

_____

_____

_____

_____

5장

오늘을 버티게 하는 워킹맘의 기술

1.

요리는 어려워도, 함께라 좋아

　오늘 뭐 먹지? 난제 중에 이런 난제가 없다. 혼자라면 냉장고에 있는 반찬 꺼내 대충 먹었을 거다. 아니면 바나나와 시리얼 또는 빵으로 때우거나 라면에 달걀 하나 풀어 먹었을지도 모른다. 하지만 아이들에겐 그럴 수 없다. 잘 먹이고 싶다. 아이가 먹는 음식이 건강과 성장으로 이어진다고 생각하면 밥상을 대충 차릴 수 없다. 모성애가 꿈틀댄다. 문제는 내가 요리를 잘 못한다는 거다. 요리책이나 블로그를 보며 재료를 준비하고 레시피를 따라 해도 결과는 늘 아쉽다. 분명 똑같이 하는데 기대한 맛과 다르다. 미묘하게 뭔가가 빠진 것 같다. 음식 맛을 내는 게 이렇게 어려운 줄 몰랐다. 계량을 정확히 못 하는 건지 요리 순서가 틀린 건지. 아무리 생각해도 알 수 없다. 그 '손맛'이라는 게 도대체 뭘까? 엄마의 요리 유전자를 받지 못한 게 분명하다.

　누군가 말했다. 몇 번 연습하고 꾸준히 하다 보면 감이 생기고 음식 맛도 좋아진다고. 그 말을 믿었다. 제철 재료 사서 다듬고 계량스푼과 계량컵을 동원해 요리했다. 결과는 여전히 만족스럽지 않았다. 맛은 매번 달랐다. 어떤 날은 기가 막히게 잘 돼서 자신감이 붙었다. 아이들이 잘 먹을 때면 세상을 다 가진 듯 행복하다. 나중에 다시 만들면 그때의 맛이 나지 않는다. 아이들이 음식을 삼키지 않고 입에만 가득 물고 있거나 반찬이 줄어드는 게 보이지 않을 때면 내 입꼬리는 내려앉는다.

애써 준비한 음식을 손도 대지 않을 때면 속상하다. 잘 먹지 않는 아이들에게 섭섭하다. 몸에 좋은 음식 하나라도 더 먹이고 싶은 마음이 커서인지 요리할 때마다 감정이 흔들린다. 그래서일까. 매일 반복되는 저녁 준비가 은근히 스트레스다. 퇴근 시간이 다가오면 집에 간다는 설렘에 마음이 가볍다가도 오늘 저녁은 무엇을 해 먹을지 생각하면 마음은 금세 무거워진다. 나는 왜 이렇게 요리가 어렵지? 어떻게 하면 간을 잘 맞출 수 있을까. 언제쯤 뚝딱뚝딱 음식을 잘 만들 수 있을까. 요리는 풀리지 않는 숙제 같다. 요리 앞에서는 한없이 작아지고 부족한 엄마가 된다.

어느 날, 아이들이 떡국을 먹고 싶다고 했다. 배고프다며 '빨리빨리'를 외쳤다. 설날에 엄마에게 받은 떡국떡이 생각났다. 냉동실에서 꺼내 찬물에 담갔다. 떡이 녹는 동안 육수를 준비했다. 냄비에 코인 육수 두 개와 용량 맞춰 물을 따르고 불을 켰다. 물이 끓는 동안 달걀지단 만들고, 다진 소고기를 볶았다. 해동된 떡 넣고 조선간장으로 간을 맞추려다 그만 참치액젓을 넣고 말았다. 이를 어째. 간장과 액젓도 구분 못 한다니. 다시 만들려니 시간도 오래 걸리고 귀찮기도 했다. 김 가루와 참기름 듬뿍 넣으면 괜찮지 않을까 싶었다. 국물 한 숟갈 떠서 맛봤다. 어랏. 지금까지 끓인 것 중 가장 시원했다. 뜻밖의 발견이었다. 액젓 한 숟가락이 깊은 맛을 냈다. 감칠맛이 혀끝을 감돌았다. 떡국은 대성공이었다. 아이들이 맛있다고 양 엄지를 치켜세우며 '엄마 밥 맛있어. 최고!'를 외쳤다. 어깨가 으쓱 올라갔다.

나는 늘 레시피를 따라야 한다고 믿었다. 하지만 요리에 정해진 방식은 없다. 실수가 새로운 맛을 만들고 치트 키를 발견하기도 했다. 그날 이후 요리를 잘 못한다는 자책을 멈췄다. 나만의 방식으로 편하게 요리하기로 했다. 완벽한 집밥이라는 부담을 내려놓고 즐겁게 요리하기로 마음을 잡았다. 방법은 다음과 같다.

첫째, 소스를 활용한다.

예전엔 된장, 고추장, 케첩, 머스타드, 마요네즈만 집었다. 마트 진열대를 자세히 보니 신세계였다. 데리야키, 양념치킨, 비빔장에 나라별 소스까지 있다. 손맛이 부족해도 걱정할 필요가 없다. 이미 완성된 맛을 빌리면 된다. 식탁은 달라졌다. 밍밍하던 요리에 다양한 소스를 더하니 새롭게 태어났다. 근사한 한 끼가 완성된다. 나만의 치트 키 덕분이다.

둘째, 밀키트를 이용한다.

밀키트는 유용하다. 손질된 재료와 양념이 이미 갖춰져 있다. 요리 실력이 부족해도 문제없다. 제품마다 요리 난이도가 표시돼 있어 선택하기도 쉽다. 밀키트의 가장 큰 장점은 시간을 아낄 수 있다는 점이다. 퇴근 후 저녁 준비는 늘 조급하다. 아이들이 배고프다고 하면 마음이 앞선다. 그럴 땐 밀키트다. 준비된 재료들을 볶거나 끓이면 끝이다. 맛은 보장된다. 간편하게 한 끼를 해결할 수 있다. 밀키트 덕분에 부담이 줄었고 아이들과 함께하는 시간은 늘었다.

셋째, 전문가의 도움을 받는다.

심신이 지쳐 요리할 힘이 없을 때, 반찬 가게와 배달 음식은 구세주다. 반찬 가게의 오늘 추천 메뉴는 집밥의 느낌을 준다. 아이들 입맛과 내 입맛에 맞춰 고를 수 있는 장점도 있다. 배달 음식 또한 든든하다. 집에서 만들기 어려운 메뉴나 시간이 오래 걸리는 요리를 편하게 해결할 수 있다. 음식점마다의 대표 메뉴를 맛보는 즐거움도 있다.

엄마지만 요리를 잘 못한다. 배우면 된다고들 하지만 내게는 쉽지 않다. 레시피를 보고 따라 해도 어딘가 부족하다. 반찬 하나 만들면 주방은 엉망이 된다. 정성 들여 만들었는데 맛이 없으면 속상하다. 예전엔 그게 큰 스트레스였다. 엄마니까 손맛이 좋아야 하고 집밥도 뚝딱 차려야 한다는 생각이 늘 나를 짓눌렀다. 이제는 내려놓았다. 다른 방법을 찾으면 된다. 소스로 치트 키를 만들고 밀키트나 배달 음식의 도움을 받는다.

사랑은 손맛에도 담기지만 가족이 함께 나누는 시간에도 전해진다고 믿는다. 밥상이 완벽하지 않아도 괜찮다. 무엇을 먹느냐보다 누구와 함께하느냐가 더 크다. 식탁에서 나누는 대화와 웃음. 그 시간이 사랑을 완성한다.

오늘 저녁은 동네 인기 맛집의 시그니처 메뉴, 간장 찜닭이다. 배달을 기다리는 동안 아이들과 동물 카드 게임을 할 예정이다. 아이들과 함께 웃는 시간은 놓치고 싶지 않다.

하루 5분, 워킹맘을 지키는 시간

2.

일상의 BGM을 켠 순간

기다렸다는 듯 소파에서 일어난다. 거실 한가운데를 무대로 삼는다. 엉덩이를 실룩샐룩하며 노래를 따라 부른다. 그러다 나를 보고 씨익 웃더니 다시 춤춘다. 노래가 끝나자, 아이들은 아무 일 없었다는 듯 다시 거실 바닥에 앉는다. 장난감 자동차를 줄지어 세워 주차장 놀이를 한다. 패턴 블록을 꺼내 소꿉놀이를 이어간다. 잠시 뒤 보자기를 꺼내 목에 두른다. 주먹 쥐고 기합을 넣은 뒤 공중 발차기를 하고는 번개맨 포즈를 취한다. 다시 소파 위로 올라가 방방 뛴다. 진지한 얼굴로 '번개 파워'를 외친다. 조금 전까지만 해도 블록 놀이에 몰두했다. 언제 그랬냐는 듯 지금은 번개맨 노래를 부른다. 떨어질까 싶어 소파에 앉아서 TV를 보라고 했다. 아이들이 마지못해 털썩 앉으며 입을 쭉 내민다.

"번개맨과 같이 악당을 물리쳐야 하는데, 엄마는 뭘 몰라."

양전히 앉아 TV를 보는가 싶더니 또 들썩인다. 아이들은 TV 채널을 돌려 마음에 드는 만화를 찾는다. 다시 거실 가운데에 선다. 만화 주제가를 따라 부른다. 춤추며 주인공 대사를 흉내 낸다. 뽀로로였다가 핑크퐁이 되고 티니핑이었다가 카봇으로 변신한다. 거실은 무대가 되었다가 싸움터가 된다. 소파를 장애물 삼아 오르내린다.

아이들은 좋아하는 캐릭터를 보면 순식간에 몰입한다. 노래가 들리면 망설이지 않는다. 표정과 몸짓이 달라진다. 완전히 주인공이 된다. 그 모습을 보며 생각한다. 나도 저렇게 해볼까. 음악을 들으며 순간을 즐기듯 나도 내 하루의 주인공이 되어볼까. 뮤직비디오 속 주인공이라고 상상하면 하루가 조금 더 신날지도 모른다. 일과 살림, 육아로 굴러가는 하루에 나만의 배경 음악을 깔아본다.

침대 머리맡에서 진동 알람이 울린다. 기상 시간이다. 옆에서 자는 아이들을 깨우지 않으려고 재빨리 알람을 끈다. 예전 같으면 이불 속으로 몸을 더 파묻었을 거다. 알람이 다시 울릴 때까지 버티다 일어나기도 했다. 이제는 뭉그적거리는 대신 지금 어울릴 음악을 떠올린다. 새가 지저귀고 계곡물 흐르는 소리를 상상하며 몸을 일으킨다. 생각보다 쉽게 일어난다. 거실로 나와 기지개를 켠다. 차분하게 시작하는 아침이 낯설 만큼 좋다.

식판, 수저통, 보온병을 아이들 가방에 넣는다. 주먹밥 만들어 아침상을 차린다. 아이들을 깨우러 방으로 들어간다. 머릿속 음악 장르를 바꾼다. 미디엄템포가 어울린다. "잘 잤어? 쭉쭉 기지개 켜고. 우리 일어날까?"라며 노래하듯 말한다. 아이들도 별 투정 없이 일어난다. 세수하러 가는 아이들에게 칭찬을 건넨다. 주먹밥 먹이고 옷 입히는 일도 수월하다.

"아침밥 클리어. 공룡 옷 입고 파워 업. 가방 챙기고 신발 신기까지 미션 성공!"

내가 주먹을 쥐고 외치자, 아이들도 성공을 라라 외친다. 폴짝 뛰며 작은 주먹을 내민다.

팝송을 들으며 출근한다. 학교에 도착해 책상에 앉아 노트북을 켠다. 영화 〈미션 임파서블〉 주제곡이 머릿속을 스친다. 노동요로는 이만한 게 없다. 업무 리스트를 확인한다. 수업, 상담, 회의, 서류 작업 등. 작전을 수행하듯 몰두한다. 영화 주제곡이 머릿속에서 자동 재생된다. 키보드 소리는 긴장감 넘치는 리듬에 맞아떨어진다. 자료를 고치고 정리하며 집중한다. 업데이트하고 마지막 파일 작성까지 마쳤다. 임무 완수. 퇴근이다.

내비게이션에 유치원을 목적지로 눌렀다. 클래식 라디오에 주파수를 맞춘다. 업무의 긴장을 털어낸다. 다시 엄마로 돌아갈 준비를 한다.

유치원에 도착하자 현이가 달려온다. 집으로 돌아가는 차 안은 음악 대신 현이 목소리로 가득하다. 미술을 했고 점심은 짜장밥이었고 칭찬 도장을 두 개 받았다고 한다. 손등에 찍힌 도장을 내밀며 이야기를 이어간다. 나는 고개를 끄덕이며 맞장구친다. 주차장에 차를 세운 뒤 윤이 하원 시간에 맞춰 아파트 로비에서 기다린다. 노란 버스가 서고 흰 도복 차림에 땀에 젖은 윤이가 내린다. 함께 집으로 돌아온다.

두 아이와 함께 있으면 음악은 랜덤 플레이다. 둘이 잘 놀면 경쾌한 멜로디, 다투면 헤비메탈이 흐른다. 매일 음악은 갈라진다. 음악에 따라 나도 주인공이 된다. 거실을 정리할 때는 록 음악이 어울린다. 옷은 빨래통에, 장난감은 정리함에. 한 번에 쓸어 담는다. 정리를 마치고 주방으로 간다.

싱크대 물소리, 칼질 소리, 물 끓는 소리, 기름 튀는 소리가 리듬을 만든다. 맛있어지라고 주문을 건다. 손맛은 없지만 그릇에 담아 깨와 참기름을 더하면 그럴듯해 보인다. 저녁 준비도 가뿐하게 클리어.

"엄마 지금 바빠, 일하느라 정신없어, 애들아, 제발 그만. 빨리 정리하자."라며 투덜거릴 때가 있다. 그럴 땐 빠른 음악을 튼다. 리듬을 타며 숨을 고른다. 기분 전환하려고 켰지만, 음악이 흐르니 지금이 영화 속 한 장면 같다. 현실은 변하지 않았는데 마음이 달라진다.

내 삶을 한 편의 영화라 여겨본다. 중요한 장면을 찍는 마음으로 오늘을 살아간다. 아이들이 만화 주제곡만 나와도 금세 주인공이 되듯, 나도 일상에 배경음악을 깔고 주인공처럼 움직인다. 출근도, 업무도, 요리와 청소도 영화의 한 장면이다. 똑같은 일이 다르게 보이고 덜 지친다. 이 모든 일이 해피엔딩을 향하는 과정이라 믿는다.

나는 매일 나만의 영화를 찍는다. 도움을 기다리는 엑스트라가 아니라 멋지게 해내는 주인공이고 싶다. 내 하루의 주인공은 나다.

지친 마음에 놓는 한 줄

나만의 영화는 계속된다.

3.

짧아도 충분한 순간들

아이들은 자꾸 하나씩 꺼내 들고 온다. 조금 전까지만 해도 둘이 직소 퍼즐을 맞추고 있었다. 나는 그 틈에 거실 정리하고 설거지한 뒤 세탁된 옷을 건조기에 넣었다. 잠시 숨 돌리려 소파에 앉자마자 아이들이 와서 팔을 잡아끌었다. 결국 거실 바닥에 앉아 레고와 보드게임을 펼쳤다. 옆에는 맞추다 만 퍼즐이 놓여있다. 퍼즐만 정리하고 놀자며 지퍼백에 조각을 담으려 하자 현이는 내 손을 잡았다. 아직 하는 중이니 치우지 말라며 고개를 젓는다. 손에는 레고 자동차를 들고 있으면서도 퍼즐을 한다고 우겼다. 다시 꺼내기 귀찮다며 나중에 정리하겠다고 말한다.

'정리 안 하기만 해봐라.' 속은 부글부글 끓었지만 길게 숨을 내쉬며 감정을 눌렀다. 옆에 앉은 윤이는 엄마와 동생의 신경전에는 관심 두지 않은 채 부루마블을 세팅했다. 나라 카드를 색깔별로 정리하고 황금열쇠 카드를 섞어 게임판에 올렸다. 주사위 두 개를 흔들며 먼저 할 사람을 정하자고 했다. 현이는 토끼 말을 꺼냈고 윤이는 호랑이 말을 게임판에 올렸다. 내 앞에는 곰 말을 올려놓으며 은행까지 맡아 달라고 부탁한다.

일하고 돌아오면 피곤하다. 몸은 무겁고 머릿속엔 해야 할 일로 복잡하다. 엄마의 휴식은 뒷전이다. 보드게임판에 앉은 아이들이 반짝이는 눈으로 나를 본다. 눈웃음 짓는 얼굴을 외면할 수 없다.

잠들기 전까지 할 일이 많다. 씻기고 빨래 개고 알림장 확인하고, 재운 뒤에는 수업 준비와 시험 출제도 해야 한다. 하지만 아이들을 보며 생각이 달라졌다. 가족이 함께하는 시간이 더 소중한 게 아닐까? 이 순간을 놓치면 분명 후회할지도 모른다. 매번 아이들에게 미안한 마음 안은 채 잠들고 싶지 않다. 짧은 시간이라도 제대로 놀아주기로 마음먹는다.

워킹맘에게 필요한 건 양이 아니라 질이다. 최소한의 시간으로 최대한의 효과를 내는 것. 그것이 나만의 짧고 굵게 놀아주기다. 방법은 다음과 같다.

첫째, 노는 시간 정하기.
"좋아. 우리 8시까지 놀 거야. 1시간은 60분이야. 초로 따지면 무려 3,600초야."

1시간이 길다는 것을 강조하며 초 단위로 풀어준다. 시간을 정해주면 그 안에서 몰입도가 높아진다. 짧더라도 '제대로 노는 시간'이라는 인식을 심어주는 게 좋다. 이 시간 동안은 엄마가 함께한다는 확신을 주기 때문이다.

예전에는 삐친 아이 마음 달래주는 시간이 놀아주는 시간보다 더 길었다. 규칙을 모르거나 원하는 대로 진행이 되지 않으면 둘 중 하나가 짜증을 냈다. 한 아이가 토라지면 게임은 멈춰졌다. 다른 아이는 놀지 못한다며 투덜댔다. 이런 상황이 반복되면 놀이시간은 즐겁지 않다. 감정을 조율하는 시간으로 바뀌어버리기 때문이다.

놀다 다툴 기미가 보이면 나는 시계 소리를 흉내 낸다. "똑딱똑딱. 놀 시간이 줄어들고 있다. 똑딱똑딱." 아이들은 그 소리를 듣고 나와 시계를 번갈아 본다. 짜증을 내면 놀 시간이 줄어든다는 걸 깨닫는다. 알아서 감정을 추스르고 게임에 집중한다.

둘째, 주도권 넘기기.

놀이의 선택권과 주도권은 아이들에게 맡긴다. 아이들이 하고 싶은 놀이를 함께 하는 게 중요하다. 한때는 놀이도 공부처럼 하는 게 좋은 줄 알았다. 아이가 블록을 쌓을 때 참견했다. 이렇게 쌓으면 블록이 무너지지 않고 더 높게 쌓을 수 있다고 알려줬다. 그림을 그릴 때도 이 색깔을 칠하면 더 예쁠 거라고 제안했다. 하나라도 더 알려주고 싶은 마음이 컸다. 아이의 반응은 시큰둥했다. 재미없다며 쓱 자리를 피하곤 했다.

아이들이 주도하면 상황은 달라진다. 자신이 선택한 놀이라 더욱 몰입한다. 규칙을 정하는 것도 모두 아이들의 몫이다. 나는 그저 하자는 대로 한다.

한때 아이들이 화산 놀이에 빠졌다. 거실 바닥이 용암이라며 소파 위로 올라오라고 다급히 외쳤다. 바닥에 앉아 있던 나는 두 발을 들고 버둥거렸다. 도와달라고 했다. 윤이는 손을 내밀어 내가 소파에 올라오도록 했다. 점점 용암이 거실을 가득 채워 위험하다며 즈방으로 가야 한다고 윤이가 말했다. 쿠션을 던져 징검다리를 만들었다. 나는 아이들 지시에 따라 쿠션을 밟고 앞으로 나아갔다. 넘어질 듯 휘청이면 아이들이 소리를 질렀다. 모두 주방에 도착한 뒤 함께 성공을 외쳤다. 아이들이 재밌다며 한 번 더하자고 했다.

　상황극 놀이는 아이들의 상상력을 키운다. 아이들이 놀이를 주도할 때 더 많이 웃고 더 생생하게 즐길 수 있다.

　셋째, 반응 잘하기.

　부모의 긍정 반응은 놀이를 몇 배 더 재미있게 만든다. 아이들은 늘 부모의 얼굴을 살핀다. 표정이나 말투, 몸짓 하나하나가 아이에게는 큰 메시지가 된다. 적극적인 표현은 아이들의 긍정적인 반응을 끌어낸다. 블록을 높이 쌓았을 때 놀라워하면 아이는 눈을 반짝이며 어떻게 쌓았는지 과정을 설명한다. 큰 블록을 아래에 놓고 차곡차곡 쌓아 올린 과정을 말하며 자신감을 얻는다. 쿠션을 이용해 용암을 건너가는 상황을 칭찬하면 책이나 만화에서 본 내용을 이야기한다. 아이들의 결과물과 행동에 놀라워할수록 아이들은 자신만의 성공 방법을 자세히 들려준다. 적절한 반응은 칭찬을 넘어 아이들에게 자신감과 표현력을 키우는 동기가 된다.

　좋은 엄마, 완벽한 육아. 어렵다. 아이들에게 모든 걸 다 해주고 싶지만, 마음처럼 되지 않는다. 그래도 나는 믿는다. 즐거운 추억을 만들어주는 것이 더 중요하다고. 아이들과 함께하는 시간이 많지 않다고 미안해하거나 자책하지 않기로 했다. 대신 짧은 시간이라도 온전히 함께하려 한다. TV를 끄고 스마트폰을 내려두고 아이들과 눈을 맞춘다. 엄마인 내가 아이들과 잘 놀기 위한 가장 좋은 방법은 철저히 '아이'가 되는 것이다. 같은 눈높이에서 이야기하고 아이의 시선으로 바라본다. 적어도 놀이하는 시간만큼은 아이가 엄마인 나를 친구로 대할 수 있도록. 이것이 공감과 몰입의 놀이다.

짧지만 강렬하게 즐거운 기억이 남도록 놀아주기. 완벽한 엄마는 아니어도 아이들 마음속에 따뜻한 기억을 하나씩 남겨주는 엄마이고 싶다.

지친 마음에 놓는 한 줄

오래, 많이 놀아주지 못해 미안한 엄마보다
짧아도 진하고 따뜻한 추억을 만들어주는 엄마로 기억되면 좋지 않을까.

4.

작은 메모가 하루를 바꾼다

페이퍼리스(Paperless) 시대다. 종이 문서는 전자 문서로 대체되고 있다. 카드 승인 내용은 문자 메시지로, 영수증은 이메일이나 모바일 앱 알림으로 받는다. 어린이집이나 유치원 알림장은 키즈 노트로, 학교 가정통신문은 홈페이지와 학교 종이 앱 같은 곳에서 확인한다. 각종 고지서와 세금 안내까지도 메신저로 전달된다. 편리하다. 종이 문서를 일일이 챙기지 않아도 손끝에서 모든 걸 볼 수 있다.

그런데 이상하게도 할 일을 자주 놓친다. 메시지가 오면 바로 확인한다. 보통 일과 중이거나 회의 중일 때 연락을 받을 때가 많다. 메시지를 본 뒤 '나중에 다시 확인해야겠다. 퇴근하고 꼭 챙겨야지.'하고 넘긴다. 그러다 머릿속에서 사라진다. 아이들 준비물, 학사 일정, 가스 검침, 고지서 납부. 메시지를 읽은 기억은 있지만 챙기지 못할 때가 있다.

어느 봄날, 현이 어린이집 키즈 노트에 '벚꽃 소풍' 공지가 떴다. 복장은 체육복, 준비물은 과일 도시락이었다. 다음 주가 소풍이니 이번 주말에 마트에 가서 샤인머스캣과 사과를 살 생각이었다.

소풍날 아침, 무언가 놓친 기분이 들었다. 아이 옷장 서랍을 열어 체육복을 보는 순간 알았다. 과일 도시락을 깜빡했다. 장을 못 봤다. 큰일이다. 주방으로 가 냉장고 문을 열었다. 과일 칸 구석에서 사과 한 개를 발견했다. 한입 크기로 잘라 도시락 반을 채웠다. 나머지를 채울 게 없어 난감했다. 시선을 돌리니 선반 위 간식 통이 눈에 들어왔다. 마이쮸 포도 맛과 복숭아 맛을 꺼냈다. 친구들과 나눠 먹을 만큼 넉넉히 담았다. 소풍 날짜를 한 번 더 확인했더라면 좋았을 텐데. 속상해하면 어쩌지. 미안한 마음이 들었지만, 출근 시간은 다가왔다.

퇴근 후 현이를 데리러 유치원에 갔다. 과일이 많지 않아 미안하다고 했더니 돌아온 반응은 의외였다. 자기 도시락이 제일 인기 많았다고 했다.

윤이의 여름방학 때였다. 생존 수영 특강을 신청했다. 친환경 해수 풀에서 1:4 개인 지도로 진행하는 어린이 전용 수영장을 선택했다. 집 앞 승하차 셔틀 운영과 수영 강사들이 샤워를 도와주고 머리까지 말려주는 올케어 시스템이 마음에 들었다. 학원에 가서 수영 강습 현장을 볼 수 있고 홈페이지에서 실시간 수업 모습을 확인할 수도 있다. 방학 특강 현수막을 보고 학원 상담을 받았다. 시간대별로 선착순 마감이라고 했다. 고민할 것도 없이 바로 등록했다.

특강 날이 되었다. 윤이와 함께 아파트 로비에서 학원버스를 기다렸다. 승하차 시간과 장소를 아이에게 여러 번 알려줬다. 가방에 수영복, 수경, 수건 모두 챙겼는지 다시 확인했다. 첫 수영 수업이라 걱정됐지만 평소 워터파크에 자주 놀러 갔으니 잘 해낼 거라 믿었다. 강습을 마치고 돌아온 윤이는 수영이 재미있었다며 웃었다. 방학 특강 신청을 잘한 듯했다.

며칠 뒤 출장을 가게 되었다. 중문 손잡이에 수영 가방을 걸어두고 윤이에게 학원 차 시간에 맞춰 로비로 나가라고 말했다. 걱정하지 말라며 윤이는 미소로 나를 안심시켰다. 연수원에 도착한 순간 아차 싶었다. 수건을 가방에 넣는 걸 깜빡했다. 샤워 후 수건이 없어 윤이가 곤란하지 않을까 걱정됐다. 이미 출장지에 와버린 터라 어쩔 수 없었다. 연수 내내 마음이 무거웠다.

출장 마치고 집에 왔다. 윤이를 보자마자 수건이 없어서 어떻게 했냐고 물었다. 강아지가 물을 터는 것처럼 몸을 흔들어 물기를 털어낸 뒤 헤어드라이어기로 머리와 몸을 말리고 옷을 입었다고 했다. 손바닥을 위로 펼치고 어깨를 으쓱하며 '이 정도쯤이야.'라는 표정을 짓는 윤이. 내일은 잊지 않고 수건을 챙겨주겠다고 약속했다.

현장 체험학습을 다녀온 날이었다. 녹초가 되었다. 아이들 챙기고 집안일 마친 뒤 일찍 침대에 누웠다. 잠결에 가스 검침 생각이 불쑥 떠올랐다. 휴대전화를 확인하니 검침 마지막 날, 자정이 되기 전이었다. 급히 베란다로 나가 계량기를 확인했다. 검침 알림톡에 숫자를 입력했다. 11시 58분. 시험 종 치기 직전 OMR 마킹을 끝낸 기분이었다.

매월 초 가스 자가 검침 안내 알림톡이 온다. 등록 기간은 이틀이다. 낮에는 일하느라 메시지를 봐도 바로 처리하지 못한다. 늦게라도 생각이 나면 다행이지만 깜빡하고 등록 기간을 놓치면 번거롭다. 서비스센터에 전화해 숫자를 등록해야 한다. 이마저도 넘기면 연체료가 붙는다. 지금까지는 입력 기간을 놓친 적은 없지만 기한 마지막 순간에 입력한 적은 여러 번 있었다.

사소한 실수가 반복되면 불필요한 스트레스로 이어진다. 이를 막아준 건 손 글씨 메모다.

나는 포스트잇 애용자다. 아이들 준비물, 가스 검침, 미용실 예약 같은 일을 한 장에 하나씩 적어 눈에 잘 띄는 곳에 붙인다. 확인이 끝나면 떼어 낸다. 중요한 일은 색으로 구분한다. 빨간색은 긴급한 일, 파란색은 기한이 있는 일. 별표로 우선순위를 표시한다. 붙이는 곳도 정해두었다. 시선이 자주 머무는 곳에 메모를 두면 자연스럽게 기억된다. 냉장고와 현관 중문을 활용한다. 냉장고에는 준비물과 일정을, 중문에는 외출 전 확인할 일을 붙인다. 가스 끄기, 보일러 확인, 우산 챙기기 같은 일이다.

휴대전화 메모나 캘린더 알림도 유용하다. 그러나 손 글씨 메모는 더 강력하다. 디지털보다 아날로그가 기억을 오래 붙잡는다. '나중에 해야지.'라는 생각은 자주 배신한다. 그래서 반드시 해야 할 일은 손으로 적는다.

손으로 적고 눈으로 확인하는 메모 한 장이 하루를 정돈한다. 적으면 정리된다. 정말 그렇다.

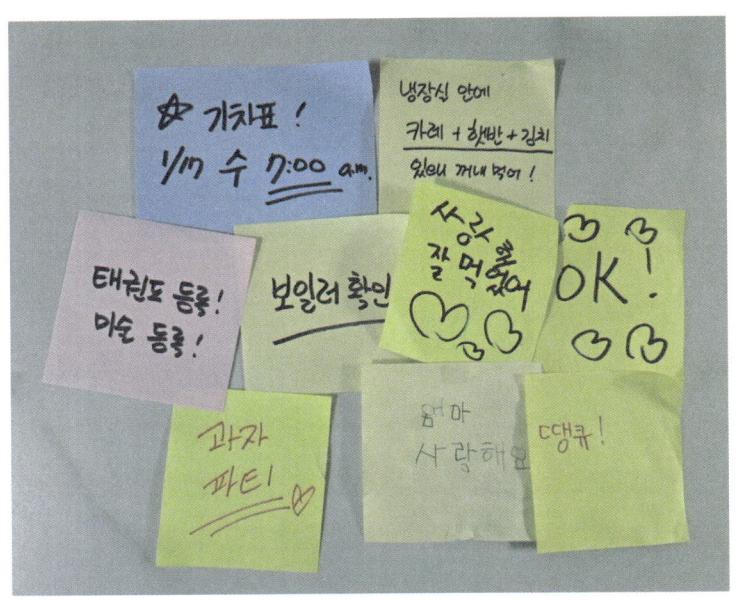

하루 5분, 워킹맘을 지키는 시간

5.

집중은 짧게, 여유는 길게

"어떤 색이 예뻐?"

며칠을 고민하다 윤이에게 물었다. 휴대전화 화면을 보여주며 마음에 드는 색을 고르라고 했다. 윤이는 단번에 골랐다. 진작 물어볼걸 그랬다. 쿠폰 유효기간이 오늘까지여서 바로 결제했다. 해외 직배송이라 배송은 일주일 이상 걸린다는 안내가 떴다.

윤이가 시계를 샀냐고 물었다. 타이머라고 했다. 그게 뭐냐고 다시 물었다. 시간을 맞춰놓으면 '삐삐' 소리로 알려준다고 설명했다. 고개를 갸우뚱했다. 엄마가 할 일 빨리 끝내고 윤이랑 현이랑 놀고 싶어서 샀다고 하자 아이들이 손뼉을 쳤다.

학교에서 수업할 때 타이머를 자주 쓴다. 교실에서는 시간 관리가 중요하다. 학생들의 집중력은 길지 않다. 5분이면 산만해지고 10분이 지나면 책상에 엎드리는 학생도 있다. 그래서 수업 흐름에 다양한 변화를 주려 한다. 짝 활동, 모둠 활동, 프로젝트 수업을 진행한다. 활동 수업에는 시간 안

내가 필요하다. 그럴 땐 타이머가 유용하다. "활동 시간 15분입니다."라고 말한 뒤 화면에 타이머를 띄운다. 시간을 거듭 알려줄 필요가 없다. 학생들은 주어진 시간 안에 과제를 마치려고 집중한다.

문득 이런 생각이 들었다. 교실에서 쓰는 타이머를 왜 집에서는 쓰지 않았을까. 예전 엄마가 수업 때 쓰라고 주신 타이머가 생각났다. 서랍 속에 넣어두었던 연두색 큐브 타이머를 꺼냈다. 1, 5, 10, 15 min이 적혀 있다. 원하는 시간의 숫자를 위로 향하게 놓아두면 작동한다.

15분을 맞추고 청소기를 돌렸다. 방, 거실, 주방까지 밀고 나니 삐삑 소리가 났다. 평소 같으면 마음먹는데 10분, 청소기를 손에 들기까지 최소 30분은 걸렸을 테다. 타이머 덕에 15분 만에 청소를 끝냈다.

식탁 위에 올려둔 타이머는 아이들의 호기심을 끌었다. 아이들도 해보겠다고 했다. "거실 장난감 정리 10분! 삐삑 소리 전에 마치면 미션 성공."이라고 했다. 보상은 마이쮸 한 개. 아이들은 서둘러 움직였다. 현이는 자동차를 상자에 담고 윤이는 로봇과 책을 정리했다. 거실 바닥이 드러날 즈음 타이머가 울렸다. 사과 맛과 포도 맛 하나씩 아이들 손바닥 위에 올려줬다.

큐브 타이머는 뒤집기만 하면 작동한다. 조작이 쉬워 아이들도 곧잘 쓴다. 정리할 때 시간 관리에 좋다. 라면 물 끓이기 같은 짧은 활동에도 적합하다. 다만 설정 시간이 정해져 있다는 점이 아쉽다. 내가 가지고 있는 모델은 1, 5, 10, 15분 네 가지뿐이다. 순간 집중에는 충분하지만 30분 이상 이어지는 일에는 늘 부족했다. 남은 시간이 보이지 않아 조바심이 날 때도 있었다. 감으로 시간을 짐작하거나 큐브 타이머를 자꾸 들여다보게 되었다.

더 긴 시간을 설정할 수 있고 남은 시간이 눈에 보이는 타이머를 찾았다. 그래서 선택한 게 구글 타임 타이머(Google Time Timer)다. 사용법은 간단하다. 가운데 작은 손잡이를 돌려 원하는 시간을 맞추면 빨간색 디스크가 채워진다. 시간이 흐르며 빨간 면이 줄어든다. 남은 시간을 한눈에 볼 수 있어 훨씬 실감 난다. 계획한 일의 분량을 조절하기에도 좋다.

학교에서만 쓰던 타이머를 집에서도 쓰자 아이들과의 실랑이가 줄어들었다. 예전에는 TV 끄라고 몇 번씩 말하며 설득해야 했다. 이제는 아이들이 스스로 시간을 정하고 타이머를 맞춘다. 삐삑. 알람이 울리면 리모컨을 내려놓는다. 물론 한 번에 딱 놓지는 않는다. "조금만 더" 하며 버티기도 하지만 스스로 정한 시간 약속을 지키려 노력한다. 장난감 정리, 이불 정리, 손 씻기와 양치할 때도 타이머 효과를 톡톡히 본다.

나에게도 변화가 생겼다. 집에서 일할 때는 1시간 이상 넘기지 않으려 노력한다. 타이머를 맞추고 집중한다. 알람이 울리면 노트북을 덮는다. 정리정돈이나 청소, 요리도 타이머와 함께하면 정해진 시간 안에 마칠 수 있다. 그렇게 생긴 여유는 아이들과 함께하는 시간으로 이어진다.

나를 위한 시간도 늘었다. 10분 영어 낭독, 10분 다이어리 정리, 20분 독서, 30분 글쓰기. 시간을 눈으로 확인하니 하루가 한결 알차다.

이제는 구글 타이머뿐 아니라 휴대전화, 태블릿, TV에 있는 타이머 기능도 쓴다. 음성 명령으로 타이머를 설정한다. 빅스비(Bixby)와 시리(Siri)는 집안일을, 지니(Genie)는 육아를 돕는다. 설거지할 때는 "하이 빅스비, 20 분 타이머 맞춰줘.", 청소할 때는 "시리야, 7시에 알람 울려줘."라고 말한 다. 아이들 TV 시청은 지니가 관리한다. "지니야, 1시간 뒤에 TV 꺼줘." 한 마디면 된다. TV를 꺼라 말라 잔소리할 필요 없다. 정한 시간이 지나면 TV 가 꺼지고 아이들은 다른 놀이를 시작한다. 타이머를 쓰면서 아이들도 시 간을 의식하게 되었다. 집안 분위기가 한결 부드러워졌다.

집안일은 하루만 건너뛰어도 쌓인다. 체력은 점점 달리는데 아이들은 잠 시도 가만있지 않는다. 늘 시간이 부족하다고 느꼈다. 그런데 타이머를 쓰 기 시작하면서 달라졌다. 타이머는 순간에 집중하게 하고 시간을 효율적으 로 쓰게 한다. 정해진 시간 동안 몰입하고 알람이 울리면 다음 일로 넘어간 다. '해야 할 일이 끝이 없구나.'에서 '이 시간이 지나면 끝난다.'라는 생각으 로 바뀌었다. 집안일은 정해진 시간 안에 끝낸다. 아이들과 함께 보내는 시 간은 넉넉해졌다. 나만의 시간도 생겼다. 무엇보다 마음이 편해졌다.

집중과 여유. 타이머가 내게 준 선물이다.

6.

오늘도 사랑을 건넨다

　　대프리카(대구+아프리카)답다. 연일 폭염 특보다. 도로 위에 달걀을 깨면 금세 달걀 프라이가 될 것 같다. 길을 건널 때면 한 번씩 샌들이 아스팔트에 쩍 달라붙는다. 서 있기만 해도 땀이 흐른다. 눈뜨기 어려울 만큼 햇빛이 강하다. 해가 지기 시작해야 겨우 바깥으로 나갈 용기가 생긴다. 밤이 되어도 열기는 가시지 않는다. 잠 못 드는 밤이 이어진다.

　　어느 금요일 저녁. 엄마에게서 전화가 왔다. 집에 있냐고 물으시더니 5분 뒤 아파트 로비로 내려오라 하셨다. 옷을 챙겨입고 엘리베이터를 탔다. 비상등을 킨 차 한 대가 보였다. 조수석 창문이 내려지고 엄마가 얼굴을 내밀며 말씀하셨다.

　　"저녁 먹기 전이지? 맛있을지 모르겠다."

　　노란 보자기에 싸인 커다란 냄비가 보였다. 엄마는 묵직한 냄비를 건네고 곧장 떠나셨다. 나는 양손에 냄비를 들고 있어 손은 흔들지 못하고 고맙다는 말만 했다. 자동차 창문을 내리고 손 흔드는 엄마를 한참 서서 바라봤다.

식탁 위에 냄비를 올리고 보자기를 풀었다. 냄비 뚜껑을 열자 '뽁' 소리와 함께 김이 피어올랐다. 닭 세 마리가 다리를 꼰 채 들어있었다. 아이들이 손뼉 치며 좋아했다. 국자로 떠서 그릇에 담았다. 뽀얀 국물과 야들야들한 살코기. 냄새를 맡으니 더 배가 고파졌다. 식탁에 앉았다. 윤이는 닭 다리를 뜯었고 현이는 국물을 들이켰다. 남편도 평소보다 저녁을 많이 먹었다. 엄마표 삼계탕은 늘 과식을 부른다.

남편은 소화를 시킬 겸 밖에 나가 잠깐 걷고 오겠다고 했다. 더워서 아이들과 나는 집에 남아 젠가를 했다. 몇 분 뒤 남편에게서 메시지가 왔다. 새끼 고양이 세 마리와 엄마 고양이 사진이었다. 아파트 화단에서 찍었다고 했다. 사진을 본 아이들이 눈을 반짝였다. 나가자고 졸랐다. 마지못해 나섰다.

남편은 화단 앞에서 기다리고 있었다. 손가락을 입술에 대고 조용히 하라는 신호를 보냈다. 아이들은 두 손으로 입을 막고 회양목 사이를 살펴봤다. 화단 깊숙한 곳에 엄마 고양이와 새끼 고양이들이 옹기종기 모여 있었다.

편의점에서 생수와 접시, 고양이 캔을 샀다. 남편은 접시에 물을 따르고 통조림을 열었다. 화분 안쪽에 놓았다. 우리 가족은 두 걸음 떨어져 조용히 서 있었다. 잠시 뒤 엄마 고양이가 다가왔다. 냄새를 맡고 확인하더니 새끼 고양이들을 한 마리씩 데리고 왔다. 우리 가족은 서로 눈을 마주치며 조용히 웃었다. 남편이 말했다. 길고양이가 일찍 죽는 가장 큰 이유는 깨끗한 물을 마시지 못해서라고.

그날 이후 아이들은 저녁을 먹고 나면 밖에 나가자고 했다. 생수를 챙기는 것도 잊지 않았다. 그릇에 물을 부어 화단에 두고 고양이들이 잘 지내는지 살펴봤다. 처음에는 남편 뒤에서 얼굴만 내밀더니 이제는 직접 물을 따른다. 매번 밖으로 나오는 게 귀찮지 않냐고 묻자, 윤이가 말했다.

"엄마가 나한테 하는 것처럼 나도 그렇게 하는 거야."

나는 말없이 아이의 머리를 쓰다듬었다.

엄마가 챙겨준 음식, 고양이들에게 건넨 물과 참치통조림. 사랑과 친절은 사라지지 않는다. 마음속에 남는다. 여름날 자식을 생각하며 삼계탕을 끓이고 묵직한 냄비를 들고 찾아온 엄마의 마음. 그 한 그릇은 우리의 건강과 사랑을 채워주었다. 아이들이 챙겨준 생수 덕분에 고양이가 깨끗한 물을 마실 수 있었다. 사랑은 생각만으로 닿지 않는다. 표현할 때 비로소 빛이 난다.

주말이면 두세 시간을 들여 밥을 차린다. 제철 재료를 다듬고 조리한다. 부족한 솜씨지만 깨소금과 참기름으로 맛을 더하면 그럴듯해진다. 엄마처럼 나도 밥상에 사랑과 건강을 담고 싶다.

다정한 말로 마음을 전한다. 사랑해. 고마워. 최고야. 대단해. 짧은 말이지만 그 안에 담긴 힘은 크다. 말 한마디가 하루의 온도를 바꾼다. 자존감을 키우고 존재의 가치를 일깨운다.

아침에 일어나서도, 현관문을 나서거나 집에 돌아왔을 때도, 잠들기 전에도 아이들을 안는다. 주말이면 남편도 함께한다. 네 식구가 둥글게 모여 서로를 안으며 하루를 시작하고 마무리한다. 따뜻한 온기 속에서 우리는 사랑을 주고받는다.

컴퓨터 앞에 앉아 있으면 윤이가 물 한 컵을 내민다. 일하느라 목이 마를 테니 물을 마시라며 건넨다. 집안을 오가며 정리할 때면 현이가 지압 슬리퍼를 들고 와 내 발 앞에 놓는다. 아프지 말라는 말도 잊지 않는다. 아이들의 따뜻한 마음이 내 안에 스며든다. 내가 건넨 사랑이 아이 안에서 자라 다시 내게 돌아온다.

아이들의 눈을 바라보며 하루 이야기를 듣는다. 이야기에 반응하며 맞장구치고 칭찬도 아끼지 않는다. 밤중에 깨서 아이들 이불을 덮어준다. '사랑해.'와 '고마워.'를 자주 말한다. 사랑은 마음에만 담아두면 닿지 않는다.

정성 들인 한 끼, 다정한 말 한마디, 따뜻한 포옹. 나는 이렇게 사랑을 표현한다.

엄마가 내게 그랬듯, 나도 아이들에게 아낌없이 사랑을 건넨다. 그 온기가 아이들의 삶을 감싸고 또 다른 누군가에게 이어지기를 바란다.

7.

멀리 있어도 닿는 마음

 주말부부이자 워킹맘이다. 평일 하루는 눈 깜짝할 사이에 지나간다. 하루의 시작은 늘 분주하다. 출근 준비와 등원 준비를 함께하다 보면 시간은 언제나 빠듯하다. 5분만 일찍 움직이면 되는데, 그 5분이 참 어렵다. 간신히 출근 시간에 맞춰 도착한다. 일을 마치고 돌아오면 저녁 준비와 집안일이 기다린다. 가끔 아이가 아플 때가 있다. 콜록 기침하거나 컨디션이 좋지 않아 축 늘어질 때면 괜히 불안해진다. 부랴부랴 병원에 다녀오면 저녁이 늦어진다. 설거지와 빨래가 밀리고 잠드는 시간도 늦어진다. 아이들은 아프든 피곤하든 놀아야 잠이 든다. 보드게임과 카드 게임 몇 판을 하고 나서야 겨우 눕는다. 아이들이 잠든 뒤에야 비로소 내 시간이 생긴다.

 남편의 평일은 나와 다르다. 서울에서 혼자 지낸다. 혼자만의 시간을 바라는 나는 남편의 생활이 부러웠다. 하루는 몸도 마음도 유난히 지친 날이었다. 퇴근 후 집에 도착하자마자 그대로 침대에 누웠다. 전화가 왔다. 남편 목소리가 그날따라 유달리 밝았다. 괜히 심술이 났다. "조용히 혼자 지내니 좋겠다."라고 퉁명스럽게 말했다. 남편은 잠깐 뜸을 들이더니 답했다. "외롭지. 너랑 아이들과 통화하며 목소리 듣는 게 하루 중 제일 좋지." 그러고는 덧붙였다. "오늘도 힘들었지? 고생한다. 항상 고마워." 나는 아무 말도 하지 못했다. 아이들을 불러 아빠와 통화하라며 휴대전화를 건넸다.

남편의 생활을 되짚어봤다. 예전에 그가 말한 적이 있다. 퇴근 후 집에 들어서면 불 꺼진 방이 기다린다고. 고요한 방 안에 누워 천장을 바라보면 마음이 텅 빈 기분이라고 했다. 밥은 맛보다 끼니를 때우는 정도라 한 것도 기억났다. 길에서 아이들과 비슷한 또래의 꼬마들이 지나가면 절로 시선이 간다고도 했다. 그리고 마지막에 이렇게 말했다. "너 생각도 많이 나지." 그 말이 오래 기억에 남았다.

나는 일과 육아로 정신없이 하루를 보낸다. 남편은 조용한 방에서 홀로 시간을 견딘다. 서로 다른 하루를 살아도 마음은 같은 곳을 향한다. 함께 웃고 함께 밥 먹고 함께 잠드는 평범한 시간. 우리가 바라는 건 함께하는 시간이다. 그래서 금요일이 기다려진다. 주말이면 우리 가족이 한자리에 모인다. 같이 일어나고, 밥을 먹고, 이야기 나눈다. 언제부터였는지 모르지만 자연스럽게 우리 가족만의 작은 의식이 생겼다. 하지 않으면 허전하고 타이밍을 놓치면 괜히 섭섭하다. 우리 가족을 이어주는 세 가지 약속은 다음과 같다.

첫째, 안아주기.
포옹의 긍정적인 효과는 과학적으로 입증됐다. 포옹하면 사랑 호르몬이라 불리는 옥시토신(Oxytocin)이 분비된다. 스트레스는 줄어들고 정서적 안정감은 높아진다.

우리 가족은 포옹으로 하루를 시작한다. 아이들은 눈도 덜 뜬 채 팔을 벌리고 내게 다가온다. 안으면 '사랑해.'라는 말이 절로 나온다. 출근 준비로 분주하다가도 잠시 멈춰 아이를 꼭 안는다. 하루를 버틸 힘을 얻는다. 집에 돌아와서도 마찬가지다. 하루를 잘 보낸 서로를 격려하며 안는다. 하루의 피로가 풀린다. 기쁠 때도 속상할 때도 우리는 포옹으로 마음을 나눈다.

둘째, 매일 통화하기.

주말부부로 지내면 서로의 하루를 공유하는 게 쉽지 않다. 특히 아이들과 아빠가 직접 대화할 기회가 부족하다. 그래서 우리는 하루도 빠짐없이 영상통화를 한다. 짧은 시간이라도 얼굴을 보며 이야기를 나눈다. 그것만으로도 함께 있는 듯한 느낌을 준다.

아이들은 아빠와 영상통화를 하는 시간을 기다린다. 오늘 있었던 일과 먹은 것을 들려준다. 남편도 자신의 하루를 나눈다. 아이들을 칭찬하고 농담을 건네며 웃는다. 주말에 무얼 먹고 어떻게 놀지 계획도 세운다. 매일 잠들기 전 우리는 영상통화로 하루를 마무리한다. 떨어져 있어도 마음은 이어져 있음을 느낀다.

셋째, 현관 인사.

우리는 언제나 현관에서 인사를 나눈다. 출근할 때, 아이들이 학원에 갈 때, 심지어 분리수거를 하러 나갈 때조차 현관에서 배웅한다. 짧은 인사와 포옹이지만, 우리 가족에게는 '잘 다녀와.'와 '잘 다녀올게.'를 전하는 사랑 표현이다.

금요일 밤 9시쯤이면 아이들과 나는 귀를 쫑긋 세운다. 삐삑 번호 키 누르는 소리에 이어 풍경이 땡그랑 울리면 아이들은 하던 일을 멈추고 현관으로 후다닥 간다. 양팔을 벌려 아빠에게 안긴다. 폴짝폴짝 뛰며 반기는 아이들을 남편은 꼭 끌어안는다. 나도 아이도 남편도 서로를 안는다. 가족이 하나가 되는 순간을 즐긴다.

일요일 오후가 되면 다시 배웅의 시간이 온다. 아이들은 "아빠 잘 가. 도착하면 전화해."라고 인사한다. 남편이 현관문을 나설 때까지 아이들과 나는 두 손을 흔들며 작별 인사를 건넨다. 다시 만날 금요일을 기다리며 주말을 마무리한다.

매일 같은 공간에서 얼굴을 마주하지 않아도 가족은 함께할 수 있다. 멀리 있어도 서로를 떠올리고 마음을 보낼 수 있다. 특별한 날의 이벤트도 좋지만, 함께 있는 순간마다 마음을 나누는 게 더 중요하지 않을까. 우리 가족은 이렇게 사랑을 표현한다. 안아주기, 통화하기, 현관 인사. 이 세 가지로 사랑은 더 깊어진다.

8.

주말, 우리를 이어주는 시간

　이제 바람막이 점퍼 하나면 충분하다. 비 소식도 없고 미세먼지도 없다. 해도 길어졌다. 나들이 가기 딱 좋은 날씨다. 아침부터 서둘렀다. 보냉백에 물, 뽀로로 음료수, 젤리, 바나나를 챙겼다. 스타벅스 드라이브 스루(Drive-thru)로 아이스 아메리카노 두 잔을 샀다. 커피 한 모금에 콧노래가 나왔다. 조수석 유리로 햇빛이 스며들었다. 선글라스를 꺼내 썼다. 내비게이션에 찍힌 예상 소요 시간은 1시간. 마음은 벌써 꽃길을 걷고 있다.

　톨게이트를 지나 고속도로에 오르자, 아이들의 목소리가 커졌다. 창밖에는 초록빛 나무와 들판이 펼쳐졌다. 아이들은 창가를 보며 풍경 따라 이리저리 고개를 움직였다. 자동차가 지나갈 때마다 "엄마 차와 똑같아.", "어, 아빠 차다."하며 외쳤다. 할아버지, 할머니, 삼촌 차와 같은 차 찾기 놀이가 이어졌다. 창밖 구경만으로도 즐거웠다. 출발한 지 20분쯤 지났을까. 달리는 속도가 점점 줄더니 이내 거북이걸음이 되었다. 내비게이션의 도로가 모두 빨간색으로 변했다. 예상 도착 시간이 어느새 30분이 더해졌다. 아이들이 언제 도착하냐며 묻기 시작했다. 초반에 들뜬 기분은 사라졌다. 언제 도착하느냐는 질문만 반복했다. 지금까지 온 거리보다 더 많이 가야 한다고 말했다. 아이들은 입을 쭉 내밀며 인상을 찌푸렸다.

보냉백에서 젤리를 꺼내 아이들에게 하나씩 건넸다. 한 봉지에 곰 모양 젤리가 여덟 개 정도 들어있다. 색깔마다 맛이 다르다. 아이들은 원하는 맛을 서로 교환하며 먹었다. 젤리를 씹는 동안 차 안이 잠시 조용했다. 음료수도 건넸다. 하지만 젤리와 뽀로로 주스의 효과는 오래가지 않았다. 창밖 풍경은 그대로였고 차는 가다 서다 반복했다. 아이들이 다시 몸을 들썩였다. 심심하다는 말만 되풀이했다.

이어 말하기 놀이를 제안했다. 아이들이 눈을 반짝이며 고개를 끄덕였다. 가위바위보로 순서를 정하고 과자 이름을 하나씩 말하기로 했다. 바비큐 맛, 청양마요 맛, 마라 맛. 같은 이름의 과자도 맛이 다양했다. 마트에서 본 제품부터 TV 광고에 나온 한정판과 콜라보 제품까지 등장했다. 윤이는 게임에 적극적이었지만 현이는 아는 게 적었다. 세 가지 과자를 번갈아 말했다. 이번에 또다시 빼빼로를 말했다. 게임 규칙을 모른다며 동생에게 핀잔을 주는 건 아닌가 싶어 뒷자리를 살폈다. 윤이는 아몬드 맛 빼빼로를 말해주며 현이가 계속 참여할 수 있게 했다. 열다섯 바퀴쯤 돌자 더 이상 과자 이름이 떠오르지 않았다. 아이스크림, 나라 이름, 동물로 주제를 바꿔가며 했지만 금세 흥미를 잃었다.

끝말잇기로 넘어갔다. 첫 단어는 '자동차'였다. 자동차-차선-선물-물병-병원-원숭이-이름. 단어가 이어지다가 흐름이 끊겼다. 현이 차례였다. '름'을 '음'으로 바꿔 말해도 된다는 두음 법칙을 설명할까. 잠시 고민했지만 어렵게 느낄 것 같아 그냥 두었다. 새 단어로 다시 시작하려던 찰나, 현이가 큰 소리로 말했다.

"현이! 내 이름은 현이. 형아 이름은 윤이."

현이가 자기 이름을 말하자 우리 모두 웃음이 터졌다. 함께 웃던 윤이가 진지한 얼굴로 물었다.

"엄마, 왜 우리는 엄마와 성이 달라?"

예전 기억이 떠올랐다. 나도 어릴 적 같은 질문을 부모님께 했다. 이름 첫 글자가 엄마와 다르다며 서운해서 울먹였던 기억이 났다. 그때 엄마는 내 옆에 앉아 다정한 목소리로 말씀하셨다. 성이 다르다고 가족이 아닌 게 아니라고. 서로를 아끼고 사랑하는 게 가족이라고 하셨다. 그때 들었던 엄마의 이야기가 떠올라 나도 아이들에게 설명했다.

보통은 아빠 성을 따르지만, 엄마 성을 쓰는 사람도 있다고 했다. 엄마와 아빠의 성 두 개를 함께 쓰는 사람도 있다고 덧붙였다. 성(姓)은 단지 이름의 일부일 뿐이라고. 가족을 이어주는 건 서로를 아끼고 사랑하는 마음이라고 했다. 조금 더 이해하기 쉽도록 설명했다. 엄마와 아빠는 다른 나무에서 자란 열매였지만, 커서 만나 하나의 나무가 되었고 그 나무에서 자란 예쁜 열매가 바로 너희들이라고. 윤이는 고개를 갸웃하며 물었다.

"그럼 나는 아빠 뿌리랑 엄마 꽃을 가진 거야?"

현이는 두 손을 모으며 말했다.

"엄마는 예쁜 꽃이야."

뒤를 돌아보며 아이들에게 찡긋 윙크했다.

봄이다. 산 곳곳에 빨강과 분홍 꽃이 피었다. 가지마다 새순이 돋아 산은 연초록빛으로 물들었다. 저 멀리 들판에 나무 한 그루가 눈에 들어왔다. 사방으로 뻗은 가지에 잎이 무성했다. 차 안에서도 그 나무가 잘 보였다. 가까이서 보면 얼마나 클까. 저 정도 크기라면 뿌리도 땅속 깊이 넓게 뻗어있을 것이다.

나무가 우리 가족 같다는 생각이 들었다. 보이지 않지만 나무를 받치는 뿌리는 묵묵히 가족을 위해 일하는 남편 같다. 나는 잎과 꽃이 아닐까. 잎은 그늘을 드리우고 꽃은 향기를 내듯 나는 아이들을 품고 사랑을 건넨다. 아이들은 그 사랑을 먹고 자라 열매가 된다. 날씨가 좋을 때는 함께 햇살을 누리고 비바람이 불면 서로를 붙들며 버틴다. 그렇게 우리는 살아간다.

주말이면 우리 가족은 하나가 된다. 안부를 묻고 밥을 함께 먹으며 이야기꽃을 피운다. 웃음이 오가고 추억이 쌓인다. 우리를 단단히 이어준다. 가족과 함께하는 시간은 삶을 채우는 시간이다.

주말이 기다려진다.

> ### 지친 마음에 놓는 한 줄
> ---
> 함께라서 웃을 수 있고, 함께라서 견뎌낼 수 있다. 그 순간들이 모여 평범한 날들을 더 빛나게 한다.

워킹맘 노트 5.

이 이야기가 어딘가의 당신에게 닿기를

하루가 늘 생각대로 흘러가진 않습니다. 덕분에 그 안에서 조금씩 배워갑니다. 이 장은 워킹맘으로 지내며 얻은 작은 기술을 담았습니다. 메모로 하루를 정리하고, 타이머로 마음의 속도를 조절하고, 음악으로 잠시 기분을 바꾸는 일들입니다. 대단한 방법은 아닙니다. 흔들리지 않기 위한 나만의 장치를 갖고 있다는 사실만으로도 든든해집니다. 오늘 하루, 나답게 보냈다면 그것으로 충분합니다.

1. 이 책을 읽으며 가장 오래 머문 문장은 무엇이었나요?

_____

_____

_____

_____

_____

2. 그 문장이 떠올린 당신만의 이야기는 무엇인가요?

_____

_____

_____

_____

3. 지금 당신 곁에 있는 사람에게 보내고 싶은 마음 한 줄

_____

_____

_____

_____

4. 오늘의 나를 가장 단단하게 만든 깨달음은?

(예: 완벽하지 않아도 충분히 가치 있다는 사실, 쉬어 가는 것도 앞으로 나아가는 길이
라는 인식, 오늘 하루를 버틴 것만으로도 대단하다는 생각, 지금 이 순간의 소중함)

_____

_____

_____

_____

5. 앞으로의 나에게 조용히 남겨두고 싶은 말

(예: 작은 기쁨을 놓치지 말기. 조급해하지 말고, 천천히 걸어가도 괜찮아.
지금의 나 잘하고 있어.)

_____

_____

_____

_____

행복한 상상만으로도 미소가 번진다

주차장에 딱 한 칸 남아 있었습니다. 다른 자리보다 조금 더 넓은 자리입니다. 오른쪽 왼쪽 핸들을 여러 번 돌려가며 주차했습니다. 주차 운까지 따르니 괜히 더 기분이 좋아졌습니다. 카페 문을 열고 들어갔습니다. 커피 머신 소리와 고소한 커피 향이 반깁니다. 커피 맛이 좋다고 하여 언제 한번 가보고 싶던 카페입니다. 마음 잡고 들렀습니다. 창가 자리에 앉았습니다. 갓 내린 커피 향이 코끝에 닿았습니다. 하얀 잔을 들어 호호 불었습니다. 커피 한 모금 마시고 눈을 잠시 감았다 떴습니다. 고개를 돌리니 창밖에 천천히 걸어가는 사람과 빠르게 지나가는 차들이 보입니다.

휴대전화 화면을 톡톡 건드렸습니다. 오후 3시. 아직 1시간 여유가 있습니다. 첫째는 태권도 학원 수업 중입니다. 둘째는 견학 갔다가 조금 늦게 유치원에 도착할 거라는 연락을 받았습니다.

오늘은 평소보다 일찍 일과를 마쳤습니다. 아이들 픽업하기 전까지 학교에 남아 밀린 업무를 마무리할까, 잠시 고민했습니다. 하지만 일찍 나오기 잘한 것 같습니다. 평일 낮. 혼자 카페에 앉아 느긋하게 커피를 마실 수 있는 기회는 흔치 않기 때문이지요. 눈여겨보던 카페에 들렀습니다. 주차도 성공. 게다가 카페 사장의 쿠키 서비스까지 받았습니다. 쿠키 한입 베어 물었습니다. 혀끝에 닿는 달콤함에 절로 미소가 지어집니다.

매장 안에 울리는 클래식 음악을 들으며 커피와 쿠키를 즐겼습니다. 마지막 쿠키 한 조각을 입에 넣고 자세를 잡았습니다. 휴대전화로 1시간 알람을 맞춘 뒤 화면을 엎어 커피잔 옆에 두었습니다. 에코백에서 책을 꺼냈습니다. 사이먼 시넥의 『START WITH WHY』라는 책입니다. 최근 읽은 책 중 밑줄을 가장 많이 그은 책입니다.

이 책은 'WHY'가 중심이 되어야 성공한다는 메시지와 함께 골든서클을 제시합니다. 골든서클은 가치 판단의 나침반입니다. 가장 안쪽 원에는 WHY가 있고 그다음에는 HOW, 제일 바깥 원에는 WHAT이 있습니다. 대부분의 사람은 자신이 무엇을 어떻게 하는지에는 관심이 있지만 제일 중요한 '왜' 이 일을 하는지 모른다고 작가는 말합니다. 모든 변화는 골든서클의 중심인 WHY에서 시작한다고 합니다. 왜 이 일을 하는지 분명히 알고 있다면 방향을 잃지 않는다고 전합니다.

책의 메시지를 내 삶에 비추어봅니다. 나는 누구이며 무엇을 하는 사람인가. 워킹맘으로 가정과 학교를 오가며 하루를 쫓기듯 살아갑니다. 무엇하나 제대로 해내지 못한다는 생각이 들 때가 많습니다. 수없이 흔들리고 잘 해내지 못한 일들을 곱씹으며 자책하기 일쑤입니다. 주말부부라 육아 부담이 더해져 저도 모르게 욱하고 성질내기도 합니다. 아이를 돌보고 집안일과 직장 일까지 하다 보면 지칩니다. 해야 할 일은 끝이 없고 남는 건 한숨과 피로뿐입니다. 다른 사람은 잘하는데 나는 왜 이럴까. 자꾸만 남들과 비교했습니다. 답답했습니다. 육아 비법이나 살림 노하우를 나만 모르는 건 아닌가 싶었습니다.

오랜 육아휴직 후 복직을 결심하며 저를 다시 들여다보았습니다. 그리고 제가 할 수 있는 일부터 하나씩 시작했습니다. 손 놓고 있던 영어 실력을 높이기 위해 매일 영어 낭독을 시작했습니다. 하루의 생각과 기분을 짧게 기록했습니다. 만 보 걷기를 통해 무릎과 허리 통증을 이겨내리라 다짐했습니다. 책을 다시 손에 들었고 우연히 글쓰기 수업을 알게 되었습니다. 매주 수업을 듣고 일상을 끄적였습니다. 그리고 내가 쓴 글을 엮어 책으로 내고 싶다는 마음이 생겼습니다. 누군가에게 인정받기 위해서가 아니라 내가 나로 살기 위해서 시작한 일들이었지요. 그게 바로 저의 WHY입니다.

틈새 독서, 커피 한 잔의 여유, 점심시간의 산책, 하루를 정리하는 키워드 일기, 순간 집중을 위한 타이머. 모두 저를 위한 시간을 선물합니다. 나를 중심에 두고 나를 돌보는 일이 얼마나 중요한지 알았습니다. 덕분에 생각은 유연해지고 마음은 넓어졌습니다. 모든 시작은 '나'에서 비롯됩니다. 나를 돌보는 일이 곧 가족을 지키는 일임을, 나의 성장이 곧 가족의 성장과 닿아 있음을 알았습니다.

매일 바쁩니다. 쉴 틈 없습니다. 하지만 예전처럼 답답하거나 두렵지 않습니다. 스트레스로 머리가 지끈거리거나 갑갑할 때면 잠시 멈추고 '나'를 떠올립니다. 나를 중심에 두면 삶은 단단해집니다. 그 사실을 알기에 이제는 감정에 쉽게 흔들리지 않습니다.

커피 한잔을 다 비우자, 휴대전화 진동 알람이 울렸습니다. 커피잔을 반납하고 진열대에 놓인 쿠키를 맛별로 하나씩 골라 포장했습니다.

하원 시간에 맞춰 유치원으로 갔습니다. 둘째가 빙긋 미소 지으며 제게 안겼습니다. 볼에 입맞춤하자 제게서 커피 향이 난다고 말했습니다. 집으로 돌아오는 길, 현이는 오늘 견학 이야기를 신나게 들려줬습니다. 아파트 로비에서 첫째를 기다렸습니다. 태권도 차에서 내린 윤이는 땀에 흠뻑 젖어 있었습니다. 쿠키 상자를 들어 보여주니 활짝 웃습니다. 쿠키가 맛있어 보여 샀다고 하자 아이들이 "엄마 최고!"를 외칩니다.

다시 육아 출근입니다. 괜찮습니다. 견딜만합니다. 예전에는 상상도 못했을 일입니다.

오늘, 나만의 커피 타임 1시간 덕분에 마음의 여유를 챙겼습니다. 포장해 온 쿠키로 아이들이 기분 좋게 하루를 마무리합니다. 내 마음이 편안해지면 가족도 함께 평안해진다는 걸 알게 됩니다.

나를 중심에 두기. 나를 채우는 시간 갖기.

별것 아닌 줄 알았지만, 사실은 큰 힘이 됩니다. 지금 당장 실천하지 못하더라도 그 시간을 떠올리는 것만으로도 하루를 버틸 힘이 생깁니다. 이 책에 담긴 제 이야기가 바쁜 하루를 살아가는 워킹맘들에게 작은 쉼이 되길 바랍니다.